JN051240

偏愛執事の悪魔ルポ

綾里けいし

講談社
タイガ

イラスト――バツムラアイコ
デザイン――長崎綾（next door design）

目次

偏愛執事の悪魔ルポ

第一章

ご主人様とはいい匂《にお》いのするものだ

ご主人様とは、いい匂いのするものだ。

それは、実際の香りについての話ではない。

私はご主人様の存在そのものについて語っているのである。理想のご主人様とは、独特の気配とでも言うべきものを放っているのだ。

カリスマ性、女王様性、あるいはみなぎる自信、あふれる魅力、なんでもいい。

簡潔に言えば、真のご主人様とは『私のご主人様』オーラをこれでもかとばかりにまとっているのである。具体的には遠くにおられればまばゆく感じ、近くにいらっしゃれば自然とひれ伏したくなるような、圧倒される気配である。

明確に感じとれるそれらのオーラを総括して、私は『いい匂い』と称していた。たったひと目、わずかに見ただけでもわかるものだ。

ご主人様とはいい匂いがする。

つまり、私のご主人様、春風琴音《はるかぜことね》様は、世界で一番いい匂いのするおかただった。

さて、これより、くりひろげられる話はいったい何か。

他《ほか》でもない、私、執事の佐山夜助《さやまやすけ》とご主人様の幸福な日々の記憶である。

もっと詳しく説明すれば、そこには諸々《もろもろ》の事件、私の葛藤《かっとう》、煩悶《はんもん》などが交ざってもいる。だが、それらの話は追々するとして、今はこれだけを覚えておいてもらいたい。

私のご主人様、春風琴音様は最高である。

至高である。

完璧《かんぺき》である。

天使である。

それだけ理解できたのならば、もう十分だ。

あなたにも必ずや、天使の恩恵が降りそそぐことだろう。

＊＊＊

突然だが、私、夜助は椅子《いす》になっていた。

厚手のドレープカーテンと壁面を埋める書棚、愛らしい純白の丸机と蜜《みつ》色をしたガレの花瓶《かびん》。そんなものたちで彩《いろど》られた上品な一室にて、私は椅子の中に座している。紅《あか》い革張りの、居心地がいい逸品《いっぴん》だ。居心地とはもちろん、椅子の内部についてのことである。

ここはほどほどに狭く、ほどほどに息苦しく、みしっと詰まるにはいい感じであった。

何より、上からかかる重みがすばらしい。

現在、私の上には、ご主人様たる、春風琴音様がぽやっと腰かけていらっしゃる。

ご主人様は、この世のものとは思えないほど美しいおかただ。

長い黒髪は艶《つや》やかで、目は色素が薄く、まるで琥珀《こはく》のように見えた。唇《くちびる》は小さく形よく、お人形を思わせる。それらの造作が白磁の肌に収まっているさまを拝見するたび、私は尊さのあまり悟りを開き、森羅万象の理解に至りそうになった。

また、くつろぐために投げだされている手足は、ミロのヴィーナスのように完璧である。ミロのヴィーナスに手はないだろうがとか、笑止千万のツッコミだ。もしも、その腕があれば、それはご主人様のものと同じ形をしているに違いないのだから。

椅子の中には私。椅子の上にはご主人様。

問題は何もない。

平和である。

こうして、私とご主人様は午後のひとときを満喫していた。

だが、不意に玄関でチャイムの音が鳴らされた。

私とご主人様のひとときを邪魔する侵入者……もとい、お客様の訪れである。椅子の中で、私はもぞもぞと蠢《うごめ》いた。しかし、ご主人様は声を弾ませて応《こた》えられた。

「出なくとも大丈夫です。夜助……おひさしぶりの訪れですね」

ご主人様は椅子から飛び降りられる。そうして、テレビモニターつきのインターフォンの子機に向けてだろう、お声をかけられた。

「おひさしぶりです。夜助は手が離せませんので、そのままいらっしゃっていただけますか？」

ご主人様は椅子の上に戻られた。

恐らく、ご自身が迎えに出られなかったのは、椅子の中の私を一人置いて行かないようにと考えてくださったのだろう。夜助、忘我の喜びである。

しばらくして、誰かが居間に入ってきた。

「お邪魔します。ごきげんはいかがかな、琴音嬢」

「おかげさまで息災です。久遠《くおん》様」

そのやりとりで、私は相手が誰かを判断する。

この家の合《あ》い鍵《かぎ》も持っている人物、久遠昭《あきら》殿だ。

ご主人様の一族は、曾祖父《そうそふ》が明治期に起こした船舶産業を元手に、今や様々な分野へ事業を展開している。その親会社の代表取締役《だいひょうとりしまりやく》を務める人物であり、ご主人様のお父上、春風孝明《たかあき》様の元右腕でもあった人物――そしてお父上もお母上も亡くなられた後、ご主人様の未成年後見人を務められた人物こそ、久遠昭殿であった。

ご主人様も御年二十二歳。もう成人されたため、未成年後見人の任務自体は終了している。だが、ご主人様は大学に通われている身の上であり、学業に専念されるためにも、引き続き、久遠昭殿に財産の管理を一任されていた。

御年五十八歳となられる久遠昭殿は——見えないので想像だが帽子を取り、胸に当て老いを感じさせない整った顔にほほ笑《え》みを浮かべながら——ご主人様に語りかけられた。

「少し時間ができたものでね。話でもと思いまして」

「それはそれは、ようこそいらっしゃいました。私も夜助も嬉《うれ》しゅうございます」

久遠昭殿は昔気質《むかしかたぎ》の人物で、ご主人様のお父上に非常な恩義を感じており、不届きな心は起こさず、財産管理を完璧に執り行われている。

ご主人様の執事たる私からしても、恩義ある人物といえよう。

彼は定期的にご主人様のお顔を直接見にこられる。だが、必要以上に親しくなりすぎないよう距離を空けているところがあり、ご両親を失われたご主人様が寂《さび》しく思っておられるのを、私は知ってもいた。そのため彼に対して、私は常にやや複雑な心持ちである。

「ところで、その夜助君はどこかな？　客が来たというのに忙しいとは、彼は一体……」

「夜助ならば、こちらにおりますわ」

そうおっしゃられると、ご主人様は今度こそ私から降りられた。体にかかった適度な重みが離れる。大変に残念だが、ご主人様のお言葉は絶対である。

私はバリバリと表面のマジックテープを引っぺがし、椅子から脱出した。簡単着脱仕様である。この家の家具はみんなこんな感じだ。実に便利である。

そうして私は執事服の背中を伸ばした後、完璧な礼を披露した。

「大変失礼をいたしました、久遠昭様。夜助、こちらに」

「人間椅子！」

「江戸川乱歩ですか？」

なんか、めっちゃ錯乱された。久遠殿は、あーとか、うーとかいう感じに、髪の毛を掻《か》き乱《みだ》される。それから、私をびしりと指さしつつ、彼はご主人様に向けて訴えられた。

「琴音嬢、こんなのの上に座っては駄目です！　断じて、断じて教育上よろしくない！」

「だって、こうすると夜助が喜ぶものですから……」

それに夜助は暗いところが好きなのですと、ぽやぽやとご主人様はおっしゃられた。

大変にかわいらしい。太陽ですら我が身を恥じて顔を隠すほどである。それがくりかえされた結果、世界には冬が訪れるのである。これは、私にとっては基本的な豆知識だ。

「そうよね、夜助？」

「はい、ご主人様のおっしゃるとおりです。夜助は暗くて狭くて、ご主人様の羽根のように軽い重みを感じられる場所が大好きでございますね」

「まあまあ、うふふ」

多分、ご主人様は意味をあんまり理解しておられない。

久遠殿はまた、あーとうめいて天を仰がれた。今度は彼は私に向けておっしゃられる。

「君ね、孝明様の代からの優秀な執事でなければ、クビにしているところだよ、本当に」

「ご主人様の下にお仕えすることを許されている栄誉を、日々噛《か》み締《し》めております」

そう、私はほほ笑みと共に語った。

さて、ここの久遠殿の言葉をちょっと覚えておいていただきたい。

まあ、それはそれとして、今は久遠殿のおもてなしが第一である。

私は久遠殿にはコーヒーを、ご主人様には紅茶をおだしした。

久遠殿は、学業や日々の生活についてなど、あたりさわりのない質問を重ねられた。ご主人様は笑顔で応えられる。適度な時間を過ごした後、久遠殿は腰をあげられた。

そして最後に、彼は余計な言葉を口にした。

「お父上のことは本当に残念でした。しかし、気を落とすことなく、元気にすごされなければいけませんよ。それをお父上もお望みでしょうからね」

この男、実は飽きることなく、毎回同じセリフを繰り返しているのである。それこそが、ご主人様を真にはげます言葉であると、彼はかたくなに思いこんでいるようだった。

見る間に、ご主人様のお顔が曇られた。

お父上のことを思いだされたせいであろう。

ご主人様はご両親を深く愛しておられた。

それこそ、今でも心の傷は深く、思い返すごとに痛みをともなわれるのである。それに気づくことなく、久遠殿、もとい、今は鈍感男で十分である――は帰宅の途についた。

おかわいそうに、ご主人様はすっかり元気をなくしてしまわれた。

とても恩義のあるお方だが、こうなっては、私の久遠殿への評価はフナムシに対するそれになるのである。この世の至宝たるご主人様を悲しませるとはふてぇ野郎だ。神が激怒し、天変地異が起こったらどうするつもりなのか。

「……夜助」

「はい、こちらに」

「少しね、疲れてしまったの」

「お気持ち、十分に、もう十っ分にお察しいたします」

「だから、出かけたいな」

「かしこまりました」

気分転換には外出こそがふさわしい。

ご主人様の決断に、私はもう賛成も大賛成であった。ルンルン気分で、私は支度《したく》をする。

さて、ご主人様は今日はどこに行かれるのだろう。

そこがどこであろうとも、ご主人様の行かれるところ、花が咲き乱れ、小鳥が歌い、事件が起こるに違いないのであった。

＊＊＊

かくして、私達は強盗に遭っていた。

ここで、多くの方が思ったのではないだろうか？

普通、人は外出先で突然強盗になど遭わない、と。

いや、問題はそこではない、何を冷静に語っているのだという意見もあろう。

しかし、当面、それらの指摘は放棄して、しばし耳を傾けてもらいたい。そもそも、ご主人様のこうした日々は、生まれたときから運命づけられていることなのである。

突然だが、回想を始めよう。

今回、何がどうして強盗などという事態に至ったのかについても話すつもりだ。

だが、その前に、ご主人様、御年十歳の出来事を聞いてもらいたい。

ご両親が殺された。

巷《ちまた》を騒がせていた、連続殺人犯のしわざであった。犯人は未《いま》だに捕まってはいない。だが、その前にも、ご主人様は様々な事件に遭われていた。

それこそ、誘拐からハイジャック、放火からスリまでよりどりみどりである。

実は、ご主人様は『犯罪被災体質』であった。

彼女の行くところ、必ず事件が巻き起こるのだ。

時には、いあわせた人が唐突に犯罪に走りだすことまである。これはご両親から受け継いだものではない。ご主人様、天性の素質だ。実は、ご主人様がこのような素質を持つのには、れっきとした理由があった。だが、ご主人様はそれをご存知ではない。

ともかく、ご主人様は過去より様々な危険に晒《さら》されてきた。

しかし、成長なされた今となっては、それをはねのけるだけの力、と言っていいのかどうかはわからないが——ある特技も身につけられた。

そうして、私とご主人様は平穏な日々を送ってきたのである。

で、だ。改めて現状の話をしよう。

場所は、ごくごく普通の喫茶店だ。

大衆の通う、一般的な店である。

ご主人様は高級店よりも、こういう場所をこそ好まれた。特に、個人経営の愛らしくも落ち着いた風情があり、ほっこりとした場所を、だ。

今、私達のいる店がまさにそうだった。

店内は木目調で統一されており、ステンドグラス風の窓からは、昼の穏《おだ》やかな日差しが射《さ》しこんでいる。まるで現代の喧騒《けんそう》から、この場所だけが切り離されているかのようだ。

壁際には、店長の趣味なのか高価そうなギターが置かれている。その上に、オススメだというホットケーキとカツサンドの手描きイラストが飾られていた。

私達の座るボックス席の他に、客の姿はない。

先程横目で見たところ、人気《ひとけ》のないキッチンには寂れた風情があった。

そして、カウンターの内側では、今にも刃傷沙汰《にんじょうざた》がくりひろげられようとしている。

「お、落ち着いてくれ、春浦《はるうら》くん！」

「いいえ、落ち着いていますよ、店長。僕は本気です」

ここで、私は思った。

馬鹿《ばか》かと。

人の犯罪動機は大概は金なので、今回のこれも仮に強盗事件としておく。が、店内で白昼堂々、店員が店長相手に刃物を向けて強盗事件を起こす。閉店後にやれという話である。あるいは売上金の場所などわかっているのだろうから、夜に堂々と盗みにでも入って、顔見知りの犯行だとでも報道されればいいのだ。

店の客の存在を忘れて、犯行におよぶとか、ちょっとよくわかりませんね、である。

ちなみに、我々が訪れたとき、カウンターにいるのは店長だけであった。その後、恐らく裏口から現れた春浦くんが表扉に鍵《かぎ》をかけた後、いきなり刃物を取りだしたのである。折り畳み式の、多機能性のサバイバルナイフだ。

恐らく、この時間帯には普段客がいないのであろう。

それにしても、我々がいるのは最奥のボックス席とはいえ、春浦くんは確認を怠りすぎであった。だが、こうして見落とされるのも、ご主人様の『犯罪被災体質』のせいと思えばさもありなんである。我々はどう足掻《あが》いても巻きこまれる運命なのだ。

ご主人様は本を読み終えてうつらうつらされているため、事件に気づいておられる様子はない。ご主人様のほうのカップは、既に飲み終えたこともあり、下げてもらっている。

私はさっきまでご主人様のお顔を世界一かわいいな、あら当然だったうふふと眺《なが》めていた。至福の時間を邪魔されて、私は怒り心頭である。

だが、私の激情などどこ吹く風と、カウンター内の会話は続く。

「春浦くん、止《や》めたまえ、こんな馬鹿げたことは」

「いいえ、店長。僕はあなたに怨《うら》みがあるんです」

怨みがあった。

ならば、なおのことしかたがないのかもしれない。

人間、怨みを前には盲目的になるものである。

例えば、そうだ。

こうしたらどうなるだろうと春浦青年は脳内で強盗の計画を立てていた。やがて思い描くだけでなく、彼は凶器を常に持ち歩くなどの行動に移らなければ満足できなくなった。やろうと思えば、いつでも実行できる。

それが、彼を踏《ふ》み止《とど》まらせるよすがだったのだ。だが、そこに『犯罪被災体質』のご主人様が現れたせいで、春浦青年の犯罪欲求には自然と火が点《つ》いた。

正確には、ご主人様の下げられたばかりのカップと人気のない店内を見て、春浦青年はこの場には誰もいないと判断、突発的衝動に火を点けたのであろう。それが『ご主人様のカップ』をトリガーとして組み立てられてしまった不自然な衝動であるとも気づかずに。

後はドミノ倒しである。

あれよあれよというまに、超衝動的かつ、計画的犯行の完成だ。

なるほど、我ながらこの線が正しい気がする。

我々が巻きこまれた原因について、私はそう考え腕を組んだ。

その間も、ご主人様はうつらうつらなされている。うふふ、宇宙一愛らしいな。あら、言うまでもなく世界の摂理だった。うふふ。

その間も、春浦青年は店長に関する怨みをつらつらと語っていた。

「あなたはバイトの夢野《ゆめの》さんと僕の恋路を邪魔してきましたね」

「それは君達が」

「あなたがいちいち口をだしてきたせいで、夢野さんは僕から去ってしまいました」

「そんなことを言われても……」

「それに店長。あなたは常々僕を馬鹿にしてきたでしょう。いろんな人から聞きましたよ」

「だ、誰から聞いたんだい？」

「いまさら、他の人を巻きこみたくはありません。ないしょですよ。それに、僕が断《こと》わりきれない性分なのを知っていて、無茶なシフトを押しつけてきましたね。もう、僕は限界なんです」

「それなら言ってくれれば」

「言ったところで、なにが変わるんですか」

他にも、春浦くんはつらつらと怨みを並べた。店長の邪魔だてが入ったことで、恋人の夢野さんは冷たくなったこと。それがショックで、色々と失敗が続いたこと。その過程で、バイクで自損事故を起こしてしまい、借金を負ったこと。それをなんとかするために、愛用のギターを質屋に手放したこと。無茶なシフトを増やされるようになったのはそのあたりかららしい。かくして、失意の底にあった春浦くんはついにキレたのである。

が、私にはどうでもいいことだ。

そんなことよりもご主人様が美しい。うふふ。

「だから、です。僕はもう我慢の限界なんです。店長、死んでください」

「待ってくれ！　待ってくれ、頼む！　金ならばだすから」

おや、様相が変わってきた。

これでは強盗ではなく、殺人事件である。

というか、最初からそうだったのかもしれない。

このままでは大変な事態になるだろう。哀《あわ》れ店長の命は消え去り、辺りは血の海である。そうして、ご主人様は春浦くんに目撃者として気づかれ、命を狙《ねら》われるかもしれない。

私は激怒した。必ず、この春浦くんとかいう店員を除かなければならぬと決意した。私には人間の心がわからぬ。私はご主人様の従者である。椅子になり、ご主人様と戯《たわむ》れて暮らしてきた。けれども、ご主人様のこうむられる危険に対しては人一倍敏感であった。かくして、私は『走れメロス』のメロスのごとく行動に出ようとした。だが、その前に、なにをするのかを決めなくてはならない。何事も、事前の計画が大切だ。犯人にとってどれだけ不幸な終わり方であろうとも、ともかく場がまとまればいいのである。腕組みを継続したまま、私は考え始めた。

これこそ人呼んで、悪魔的解決方法である。

＊＊＊

ご主人様を起こさないよう、私は立ちあがった。

滑《すべ》るように、私はボックス席を抜けだす。

そのまま、埃《ほこり》ひとつなくよく磨《みが》かれた床の上を、私はぬるぬると移動した。カウンターに身を隠しながら、私は目的の位置へと向かう。

幸いにも、春浦くんは絶賛、店長にサバイバルナイフを突きつけている。こちらに注目する気配はない。私は店長の背中に隠れて厨房《ちゅうぼう》に侵入し、ある物を手に戻ってきた。

そのまま、ソレをほいっと店長に手渡す。突然の闖入者《ちんにゅうしゃ》に気がつき、春浦くんはぎょっとした顔をした。手の中のソレを見て、店長も出目金のように目を剝《む》く。

私が渡したモノは他でもない。

カツサンドを作る用の肉切り包丁であった。

「な、なんだ……アンタ、なんのつもりで」

「いったい、いつまでやっているつもりなのかは知りませんがね。ひとりだけ武器持ちなのはズルイでしょう」

私は春浦くんに応える。彼の武器を指さして、私は告げた。

「ナイフを抜いて相手に向けたのでしょう？　そして、春浦くんは店長を憎悪している。店長も、もはやここまできてわかりあえると思ってはいないでしょう？　ならば、後は殺されるか、殺すかしかないのでは？」

私は店長をそそのかし、現状の危険さに再度気づかせる。

そう、春浦くんは『殺す』とまで思っているのだ。

こうなれば道はひとつしかない。

殺すか、殺されるかだ。

だが、万がいち店長が殺され、無傷の春浦くんが残ってしまっては私は困るのである。

春浦くんの毒牙《どくが》が、ご主人様に向かう可能性があるためだ。

そのため、私はこうして別の解決手段を用意した。私は知っている。反撃の手段を手にしたとき、人の頭からは倫理が遠のく。

なんとも残念で、愚かな事実だ。

それでも、店長はおろおろと訴えた。

「だ、だからって、私に、そんな」

「それでは、このまま殺されてもいいと？」

「それなら、あなたが」

殺してくださいよとはさすがに言わなかった。

だが、ここで、店長にとっては残念なお知らせがひとつ。店長が刺されようが無事だろうが、私にとってはどうでもいいことである。

ご主人様の命以外はみんな塵芥《ちりあくた》。

万物に対して平等に、私は誰が生きようが死のうがどうでもよかった。愛の反対は無関心。好き好き大好き超愛してるの反対は、地球環境のためにいさぎよく死にさらせである。

と、いうわけで、私は無視して両手をあげた。

刃物を手に、春浦くんと店長はにらみあう。

武器を持った、男が二人。

その均衡は、絶対に崩れるだろう。

背中を向け、私はすたすたとボックス席に戻った。後ろから悲鳴めいた叫びが響く。

どちらが先に動いたのかはわからない。だが、肉を切る音が後に続いた。

ボックス席では、さすがに起きられたのだろう。ご主人様が目を見開いていらっしゃった。おかわいそうに、ご主人様は子犬のごとくブルブルと震えておられる。

席に戻った私の腕に抱きついて、ご主人様は叫ばれた。

「人間って怖いわ、夜助！　私にはお前だけよ！」

ああ、なんという恍惚《こうこつ》――。

天をあおぎ、私はその美酒のごとき言葉に酔いしれた。

＊＊＊

と、いう妄想を私はくりひろげていた。

そう、以上が、私の悪魔的解決方法の、妄想、である。

実行には移していない。

その証拠に今、私はご主人様のお顔を眺めながら溢《あふ》れでる涎《よだれ》を呑《の》みこんでいる。春浦くんと店長の修羅場は継続中だ。長い。刺すのか刺さないのか、はっきりせいと言いたい。

うーんと、私は悩んだ。

勝算は十分にある。

実際、妄想のとおりに動けもするだろう。そうして、店長が上手《うま》いこと春浦くんを始末してくれれば、我々の危険性はなくなる。そうでなくとも、春浦くんが満足に動けなくなればいいのだ。生き残ったほうの記憶については、どうとでもなる。

ただ、包丁を渡したところがレジ付近にのみ設置された監視カメラに映るかもしれないが、そこは春浦くんが事前にスイッチを切っていることに期待したかった。だが、春浦くんのうっかり属性からして失念していることも十分にありうる。

おのれ、どこまでも役に立たない。

思わず、私がもう一度激怒しそうになったときであった。

「と、いうわけで店長、もはや逃げられませんよ！　覚悟を決めてください！」

「待って、謝るから、どうか命だけは助けてくれ！」

春浦くんと店長は、実質何回目かのクライマックスシーンを迎えたらしい。

さて、私はどうするべきか。

悪魔的解決方法に従って動くべきか。

そう、考えたときだった。

不意に、私の袖《そで》を掴《つか》むものがあった。ご主人様の小さなお手てである。思わず、白く美しい指にちゅーしたくなる衝動に襲われ、私は舌を噛《か》むことで己の欲望を振りはらった。

私は素数を数えて落ち着こうと試みた。その間にも、ご主人様は声を殺して囁《ささや》かれる。

「あのね、夜助。話は全《すべ》て聞かせてもらったわ」

「ああ、ご主人様、起きていらっしゃったのですね！　それなのに事態の不穏さに気づかれて静かにしておられたとは、なんとご聡明《そうめい》な！」

どうやら、ご主人様はお眠りになってはいなかったらしい。

騒動に目を覚まされたものの、ご主人様は瞼《まぶた》を閉じたまま事態を観察しておられたのだ。なんという賢明なご判断であろう。時代が時代ならば賢者と称《たた》えられたに違いない。

聡明なご主人様に栄光あれ！

そんな私の興奮にはかまうことなく、ご主人様は内緒話のように続けられた。

「あのね、夜助。春浦くんに、店長さんを殺すつもりはないと思うの」

「えっ、えーっと、それは……うーん」

ううん、それはおかしな話ではないだろうか？

現在、修羅場は絶賛進行中である。だが、そのお考えをもとに、ご主人様は続けられた。

「だからね、夜助、お願いがあるの……こうして、ああして、ねっ？」

むむっと、私は顔をしかめた。実は、私は事態解決のために動きたくはなかった。これにはとある事情が存在する。だが、ご主人様の頼みとあらばしかたがない。

そのため、私はそっとボックス席を抜けだした。

ぬるぬると床を滑り、私はカウンターのほうへと向かった。

＊＊＊

「だから、店長、覚悟……あっ、あれ？」

春浦くんが、不思議そうな顔をする。

店長も、我が身の危機を忘れて首を傾《かし》げた。

二人はカウンターから直接繋《つな》がっている厨房への入り口を覗《のぞ》きこみ、声をあげた。

「な、何をしてるんだ？」

「紅茶を淹《い》れておりますね」

涼やかに、私は応えた。

何をしているかといえば、私はお湯を沸騰させていた。

ここは喫茶店だ。首尾よく、必要なものはそろっている。春浦くんと店長は、突然現れて、厨房を使い始めた私に対して、呆気《あっけ》にとられていた。

これぞ、ご主人様のオーダーである。

『紅茶を淹れて欲しいの』

まずはカップとポットを温める。次いで、ポットに茶葉を入れ、私は沸騰したての熱湯を注いだ。選んだ葉はダージリンだ。この茶葉の大きさならば蒸《む》らし時間は四分だろう。

そこで、丁度よく春浦くんが動きだした。困惑を振り払って、彼は大声をだす。

「何が紅茶だ！　ふざけるな！」

「ふざけてなどおりませんとも。私はあくまで執事なので、紅茶は淹れるものです」

春浦くんはカウンターから厨房の入り口へ足を進める。

さて、私のほうは四分間は自由の身だ。

春浦くんのナイフが、威嚇のために私のほうを向く。

瞬時に、私はある物をつかみ、春浦くんへとまっすぐに突きだした。

『それでね、春浦くんを傷つけずに、ナイフを取って欲しいの……そのためには』

春浦くんのナイフがソレに突き刺さる。

分厚い食パン一本だ。

私はそのまま春浦くんの手首を軽く叩《たた》き、縦に長い食パンを捻《ね》じった。春浦くんの手からナイフが離れる。食パンに刺さったまま、それは春浦くんの指を抜けた。

場を支配していた武器は失われた。

空気が凍《こお》りつく。

蒸らし時間が終わったので、私は紅茶のほうに戻った。

ポットの中をスプーンで一搔《ひとか》きする。

茶こしを使いながら、私は濃さが均一になるようにお茶を四つのカップへ注ぎ入れた。

ゴールデン・ドロップと呼ばれる最後の一滴は、もちろんご主人様のカップへと。

これで、準備は整った。

そこで、店長が悲鳴と共に逃げだそうとした。

「お待ちください。いったい、どこへ行かれるのですか?」

その前に、ご主人様がひょっこりと姿を見せた。

その様、立てば芍薬《しゃくやく》、座れば牡丹《ぼたん》、歩く姿は百合《ゆり》の花である。

にっこりと、ご主人様は天使のほほ笑みを浮かべられた。その笑みには恐怖を払い、人の心を鎮める効果がある。パワーストーンよりも霊験あらたかであった。

思わずといった様子で、店長は足を止めた。とまどったように、彼は言う。

「警察へ、警察へ行くのですよ」

「何をおっしゃいます。今からお茶の時間ですよ」

「お、お茶の時間？」

「さあさあ、こちらへどうぞ。春浦くんもごいっしょに」

そう、ご主人様は歌うように囁かれた。

店長と春浦くんは顔を見合わせる。まるで操られるかのように、二人はご主人様に導かれて歩きだした。そのすぐ後ろから、私は盆を片手についていく。

私達はボックス席へ戻った。全員の前に、私は紅茶を並べる。

お茶会の準備は整った。

まず、ご主人様がカップを手にされた。

一口飲まれて、ご主人様はほーっと息を吐《つ》かれる。

「おいしい、夜助」

「光栄です」

そのさまを見て、店長と春浦くんも紅茶を飲んだ。

二人は目を丸くして言う。

「あっ、おいしい」

「淹れ方がうまいな」

こうして、場には平和が戻った。

圧倒的、世界的平和である。

にこにこと、ご主人様はほほ笑まれた。

つられたように、春浦くんと店長も笑う。


かくして、事件は天使的解決法を迎えた。


さすが、ご主人様である。だが、話はここでは終わらない。

ハッとした顔で、店長が机を叩いたのだ。

「そうだ、春浦。さっきのはどういうつもりだったんだ。私は警察に行くからな」

「て、店長」

そう、このままでは、春浦くんが不幸になってしまう。

自業自得とはいえ、殺人未遂事件だ。店長がそう訴えればただでは済まないだろう。

しかし、そこで、ご主人様が続けられた。

「何をおっしゃるのですか、店長さん」

完璧なほほ笑みを浮かべられて。

完全にそう信じておられる表情で。

「殺人未遂事件なんて、起こっていないじゃないですか」

かくして、お嬢様の天使的解決法が回り始めた。

＊＊＊

「……はっ、アンタ何を言って」

「だって、先程のサバイバルナイフ、折り畳み式の多機能のものでしたよね？」

ハッと、春浦くんは顔を強張《こわば》らせた。

実はその通りなのである。

私は春浦くんが『凶器を持ち歩かなければ気が済まなくなった』と言ったが、職質でも受けたとき、問題になるようなものは気安く持ち歩けない。

彼が選んだのは、その限界を見極めたものだったのだろう。折り畳み式の多機能なサバイバルナイフであった。横からドライバーや缶切りもでてくるタイプで、ギリギリ、鞄《かばん》の中に入っていても問題がない。

が、それゆえに別の問題も発生する。

「刃渡りが五センチくらいしかないですもの。それじゃあ、人は満足に殺せませんわ」

まあ、私ならば刺して手首をひねって抜いて、出血多量を狙うとか、首を搔き切るとかの方面にいくので、使いかた次第だろう。だが、春浦くんにそうした適切な扱いができるとは私にも思えなかった。

更に、ご主人様は壁を指し示された。そこには、カツサンドとホットケーキの手描きのイラストが貼《は》られている。確か、このお店のオススメだったはずだ。

胸を張って、ご主人様は高らかに至高のお声を響かせた。

「ここは喫茶店ですよ。カツサンドを作るための立派な包丁も、ホットケーキを切るためのナイフだってあります。バイトである春浦くんなら、当然知っていること！　それなのに、その両方を、春浦くんは選びませんでした。だったら殺意が本物なわけがありませんん！　春浦くんは店長さんを驚かそうとしただけなのよね？」

ご主人様の言葉には一理あった。現に、私は妄想の中で店長に肉切り包丁を手渡している。春浦くんが真に研ぎ澄ました殺意を持っていたのならば、それらの立派な凶器を見落とすことなど決してなかっただろう。

指摘されて、春浦くんは目を左右に泳がせている。

先に動いたのは、店長のほうだった。

「は、春浦、そうだったのか、君……」

「……はっ」

そう、ここで春浦くんも気がついたらしい。

ご主人様の超善意的解釈を受け入れれば、今ならば冗談で全てが済むのだと。

強盗犯にも、殺人犯にもならなくていいのだ。

そう、元はといえば、春浦くんはご主人様の『犯罪被災体質』に惹《ひ》かれて突発的衝動に火を点けてしまっただけである。それをご主人様は自ら鎮火してくださろうとしているのだ。ここは受けておいたほうが身のためであると、この夜助、オススメする次第である。

キラキラしながら、ご主人様は春浦くんをごらんになった。

春浦くんは、二、三度何かを言いかける。

そこで、ご主人様の天使のさえずりが炸裂《さくれつ》した。

「それに、お二人は本当に殺し、殺されるしかない仲だったのかしら？」

ご主人様の天使的解決法はここにきてさらなる冴《さ》えを見せ始める。

そう、私の考えた、憎しみあう人と人に用意された解決法──『もうこの二人は殺しあうしかないのだ』という結論ですら、ご主人様は崩しにかかられたのだ。

「店長さんはバイトの夢野さんと、春浦くんの恋路の邪魔をした……でも、店長さんはそう春浦くんに迫られたとき、『それは君達が』って何かを訴えかけられていたわ。店長さんには店長さんの理由があったんじゃなくって？」

ご主人様はそう首を傾げられた。春浦くんが切って捨てた言葉を、ご主人様は聞き逃されていなかったのである。なんという慈悲深さであろう。お心の深さを称えて、銅像が百体建つ。店長は首をすくませた。恐る恐るというように、彼は訴える。

「……二人が仕事をおろそかにすると困ると思って……ただお客様の前でいちゃついて欲しくなかっただけだよ。他のことまで邪魔するつもりは」

「……えっ？」

「それに、あなたと夢野さんが別れることになった決定的理由は店長さんのせいなの？」

澄んだ瞳《ひとみ》で、ご主人様は問いかけられる。それに、春浦くんは目を逸《そ》らした。
私は春浦くんの言ったことを反芻《はんすう》する。『店長の邪魔だてが入ったことで、恋人の夢野さんは冷たくなったこと。それがショックで、色々と失敗が続いたこと。その過程で、バイクで自損事故を起こしてしまい、借金を負ったこと』。

バイクで自損事故を起こしたのが、失恋の先か後か、春浦くんは言っていないのだ。借金を負った恋人を支えてくれる気が、夢野さんにはさらさらなかったのであろう。

春浦くんの沈黙が、その事実を証明している。ご主人様はさらに囁かれた。

「それに、店長さんが、あなたのことを常々馬鹿にしていたと、いろんな人から聞いたのよね？　それって本当に本当のことなの？」

「……それ、は」

「店長さんはさっきも言ったように、お客様の前でのイチャイチャを禁じられるくらい、仕事に対して厳しい人よ。いろいろな人から、逆恨《さかうら》みをされていたっておかしくはないわ。だから、春浦くんは嘘《うそ》を吹きこまれたのかもしれない」

ご主人様は問われる。

春浦くんは視線をさまよわせた後、店長を見た。店長は首を横に振る。

「言っていない……私は、本当に君の悪口なんて言ってないんだ」

「……そんな」

春浦くんは愕然《がくぜん》となった。ご主人様は続けられる。

「春浦くんに無茶なシフトを押しつけたのだって、きっと善意よ」

「なんでだよ、それだけはない！」

「だって、春浦くん、愛用のギターを質屋に預ける羽目になったのでしょう？　なら、」

ああ、と私は頷《うなず》く。最早、それは明白な事実だった。

春浦くんには、『お金がなかった』。

そして、店内にギターを飾るほどに、店長もまた、音楽の愛好家である。ならば……。

私達の視線が集中する。その先で、店長はか細い声で告げた。

「たくさん、働かなくちゃ、ギターは取り返せないだろう？　それならって……」

「……店長」

「ほら、店長さんには憎まれる理由なんてなかった」

にっこりと、ご主人様は花のごとき笑みを浮かべられる。

そうして、彼女は歌うように続けられた。

「それに、春浦くんは悪い人ではないわ。恋に破れても、女の子のことを一度も悪く言ったりしなかった。バイトのシフトをいつも断われなかったのだって、とても心が優しいから。何より、この喫茶店の床は埃ひとつなくぴかぴかよ。春浦くんが毎日がんばって仕事をしてくれていたおかげだわ！　そんな人は、人なんて殺しません！」

力強く、ご主人様は言いきる。

まるで、それが世界の真理でもあるかのように。

「殺せません。そうよね、春浦くん！」

心の底から、信じている瞳で。

くしゃっと、春浦くんは泣きだしそうに顔を歪《ゆが》めた。目を伏せて、彼は何かを悩んだ。

ぴかぴかの床を、春浦くんはじっと見つめる。

そして、彼は店長のほうを向いて頭を下げた。

「店長……すみませんでした！」

「いいよ、いいよ、私も悪かったよ。夢野さんのこと……本当にごめんね」

春浦くんは泣きそうな顔で言う。その肩を、店長が大きな掌《てのひら》で包んだ。

思わず、私はひとり天井をあおいだ。

完敗、である。

私が殺しあうしかないと思っていた二人ですら、ご主人様の愛にかかれば、平和的解決を迎えるのだ。だが、これでこそ、ご主人様である。

もちろん『とある理由』により、私からすれば事が思いどおりに運ぶことこそが一番であった。私は自分の悪魔的解決法が折られたことに涙しつつ、でも好き！　と悶絶《もんぜつ》する。

あわや殺人に至るはずだった事件は、こうして無事に解決、もとい消滅したのだった。

＊＊＊

「夜助、ココアも紅茶もおいしかったわね」

「ご主人様がお気に召されたのでしたらなによりです」

かくして、私とご主人様は何事もなく喫茶店を抜けだした。

私達は家路へと急ぐ。だが、後ろから追いかけてくる人がいた。

振り返れば、春浦くんである。

私はご主人様をかばって前に出た。春浦くんは足を止める。彼は勢いよく頭を下げた。

「あの、すみませんでした」

「あら、どうかなさったのかしら？」

ご主人様は涼やかに尋《たず》ねられる。

それに、春浦くんは震える声で応えた。

「本当、僕、頭に血が昇ってて……でも、そちらのお嬢さんに言われたことでやっと気づけたんです。僕には、本気で店長を殺す気なんてなかったんだって。人を殺すのって、本当は凄《すご》く怖いことですよ……そんなこと、僕、やらなくってよかったんだ」

「なんだかよくわからないけれども、迷いが晴れたのならばよかったわ」

ご主人様はおっしゃられる。

春浦くんは顔をあげた。彼は不思議そうに言う。

「迷い？」

「あなた、今はずっといい声をしてるし、きれいな目をしていますもの」

ふふっと、ご主人様は微笑まれた。全世界卒倒必至《ひっし》の笑顔である。私などはちょっと、いもしないお爺《じい》ちゃんが川の向こうで手を振っているのが見えた。

春浦くんは泣きそうに顔をくしゃっと歪めた。それから彼は決意を固めた声で言った。

「僕、店長と相談してから警察に行ってきます。誰も傷つけなかったけど、こういうことをしそうになったって、ちゃんと話してきます」

「すっきりするのならそれがいいでしょうね。行ってらっしゃいませ。どうか頑張って」

「はい！」

春浦くんは、しっかりとうなずく。

なるほど、その顔からは確かに迷いが晴れていた。

カウンターの中にいたときよりも、今の彼はずっと生き生きと輝いているのだった。

＊＊＊

「さて、夜助。今度こそ帰りましょう」

「……かしこまりました。参りましょう」

そう応えながらも、実は私は憂鬱《ゆううつ》であった。

すべて上手く解決しただろうと言われれば、そのとおりだ。

だが、ここで、いろいろと思いだしてもらいたい。

ご主人様は『犯罪被災体質』だ。

彼女の行くところ、必ず事件が巻き起こる。そのせいで、ご主人様は過去に様々な危険に晒されてきた。そして、成長なされた今となっては、それをはねのけるだけの力、と言っていいのかどうかわからない特技を身につけられた。

それこそが、この天使的解決法なのである。

ご主人様は身近で起きた事件を超善意的解釈をもって、事件でなくしてしまう。そうして、何もかもすべてを、天使の微笑みで収めてしまわれるのだ。

人間業とは思えない行動である。

実は、これには理由があった。

私のご主人様、春風琴音様は最高である。

至高である。

完璧である。

天使である。

実は——本当に天使なのである。

正確には、将来的に『天使となることを定められている人間』だ。

ご主人様は、その辺りの有象無象とは違う、神から選ばれし人間なのである。

それこそ、天使とは普段天の国からかたくなに出てこないが——悪魔を前にすれば一瞬で蒸発させ、神のあらゆる手伝いを行う——悪魔にとって脅威かつ憎らしい存在である。

天使になるため、ご主人様は神から理不尽な試練の数々を与えられ、あらゆる事件に遭遇する運命を課されているのだ。そうして慈悲の心を試されているのである。

ご主人様の『犯罪被災体質』はそのせいだった。

神とはかくも許しがたく身勝手な存在である。だが、その試練にも負けないご主人様の強さを、私は心底愛し抜いていた。と、同時に、これではちょっと困るのである。

ここでもうひとつ思いだして欲しい。

覚えておいていただきたいと言ったはずだ。

久遠殿のお言葉である。

『君ね、孝明様の代からの優秀な執事でなければ、クビにしているところだよ、本当に』

これに、違和感は覚えなかっただろうか？

簡単な疑問だ。

優秀な執事は椅子になどならない。

ならば、私はなにか。

ご主人様の執事。これは本当である。だが、私は孝明殿に仕えたことなどない。

私は、幻術で父上の代からの優秀な執事と思わせている、不逞《ふてい》の輩《やから》。

ようするに、悪魔なのである。

春浦くんに言った通り、『悪魔で執事』なのだ。

店長の記憶について、どうとでもなると言っていたのはこのためである。制約は多いが、短時間程度、記憶を混濁させることくらいならば、悪魔の力で可能だ。

そうして私のやるべきことは、いつか天使になってしまわれるのを阻止するために、ご主人様を悪堕《あくお》ちさせることであった。これは悪魔としての役目である以上に、私の本能と願望にもとづく行動である。

ご主人様とずっといっしょにいるため。

何よりも、より完璧な女王様になっていただくためである。

そのためには、今の天使的解決法を次々と成功させていらっしゃる現状はまずいのであった。ご主人様にはぜひとも神の試練に心折れ、世を憎んでいただかなくてはならない。

だが、本日もご主人様は完璧に、華麗に事件を回避してしまわれた。

それは喜ばしいことだが、悩ましいことでもある。

さて、これからご主人様を悪堕ちさせるにはどうすればいいのか。ご主人様が人を信じられなくなる方法とは。私がそう悩んでいると、隣を歩くご主人様がふっとつぶやかれた。

「夜助、手を握ってもいいかしら?」

尊さに、私は爆発四散した。

第二章

混迷世界における、全人類ご主人様渇望論

人間とは考える葦《あし》である。

そして考える限り、人には常に悩みが生じる。

思考とは人間の武器にして諸刃《もろは》の刃《やいば》だ。

ときには自分を見失う瞬間もこよう。人とは強く、あまりにも弱いのだ。そして、現代社会は個人に対して全く優しくない。人は思わぬ理不尽にさらされ、ストレスを与えられ、選択を強《し》いられる。そのうえ、左を選んでも右を選んでもたいていは苦しみしかない。

そんなとき、人は何を求めればいいのか。

答えはひとつだ。

そう、ご主人様である。

素晴らしいご主人様さえいれば、全ての苦悩は万事解決を迎える。

なぜならば、従者にとってはご主人様のために生きることこそ至上命題であり、他に目を向けるべきことがらはないからだ。左も右も選ぶ必要はない。理想の御方に仕えられたのならば、あとはただ一心不乱にご主人様のためだけに生きぬけばそれでいいのである。

ゆえに、全人類の求めるべきものはご主人様に他ならない。

もっとも私が言わなくとも、誰もが理想のご主人様を心に一人は秘めているものだと思うが……ここまで書いたところで、物音が聞こえてきた。

どうやら来客である。

私は私の務めを果たさねばならない。

私は執筆中の『混迷世界における、全人類ご主人様渇望論』の筆を置いた。

＊＊＊

本日も、私のご主人様は完全無欠に美しい。

ちょこんと椅子に腰かけられたそのお姿たるや、一輪の咲き誇る百合のごとしである。想像が及ばないというのならば、この世で一番美しい、理想の女性の姿を思い描いていただきたい。そう、そちらこそが、私のご主人様、春風琴音様のお姿になります。ちなみに異論は認めないので、そのつもりで願いたい。

そして、ご主人様の白い喉《のど》には現在包丁が突きつけられていた。

相手は覆面マスクのなんというかテンプレートな姿である。

のんびりと、愛らしい口調で、ご主人様は囁かれた。

「夜助、泥棒さんが入ったの」

「ご主人様、強盗です」

かくも、ご主人様の日常とは過酷であった。

それもこれも、すべてはご主人様が神から課された『犯罪被災体質』のせいである。

ちなみに強盗に関してはご主人様の怒濤《どとう》のごとくの『超善意的説得』により、無事にお帰り願った。警察に連絡をしなかった、ご主人様の恩情に泣いて感謝をするがいいのだ。

強盗は懐《ふところ》からアクセサリー入れの箱を取りだし、元どおりに置いて行った。ちなみに、鍵がかかっているわけでもないのに異様に開けにくかったから、蝶番《ちょうつがい》に油を差したほうがいいと忠告をされた。余計なお世話である。森にお帰り。

ちなみに、春風邸の窓には、本来二重ガラスがはめられている。

外側にはフロートガラス、内側には強化ガラスとポリカーボネート樹脂を使用した、立派な逸品だ。だが、今回は唯一、美観を重要視してステンドグラス調のガラスがはめられていた、奥様の化粧室の窓が狙われた。

現状、泥棒に破られた窓には段ボールとガムテープで、この夜助が応急処置をほどこしてある。ご主人様の財力をもってすれば修理だけならば一瞬なのだが、繊細な柄《がら》を再現できるなじみの職人さんが、本日はお休みだったためだ。

そのため無理を言うことなく、ご主人様は明日を待つことにしたのである。そう、ご主人様は人の縁を大事にされるおかたなのだ。

また、お金持ちのおなじみのセキュリティシステムは、春風邸では機能していない。今回の強盗の一件のように、改心の可能性のある犯罪者が問答無用で通報措置となることを、ご主人様が厭《いと》っているためだ。ご主人様はお優しすぎると思う。

本当はもっとバリバリに人間を疑い、猜疑《さいぎ》心を持っていただきたい。だが、そのダイヤモンドのごとき輝きを放つ純粋さを、私は心から愛してもいた。

そんなこんなの騒動で、午前中はすぎた。

そうして、私とご主人様は昼食をともにした。

本日のメニューは二種類の中華粥《がゆ》と、セロリと蒸《む》し鶏《どり》と林檎《りんご》の胡麻《ごま》ドレッシングのサラダ、海老《えび》と蟹《かに》の塩炒《いた》めの小鉢と中華づくしである。この夜助、腕をふるわせていただいた。

「美味しい、夜助」

「それはなによりでございます」

「夜助は私よりも大きなお口なのに、食べるのがゆっくりね」

「ご主人様のお顔を眺めておりますと、それだけで胸がいっぱいで……」

「まあまあ、うふふ」

ご主人様はお優しいので、私も同席のうえ、同じ食事を摂《と》る。ご主人様との食卓は、それこそ天にも昇る心地だ。正直、ご主人様の吐かれる息からだけでも、私はカロリーを摂取して生きてはいけるのだが。というか、ご主人様の存在を眺めていれば、目から摂取できる幸福物質で基礎代謝をまかなえるのは人類の基本であろう。私は悪魔だが。

悪魔にもそんなことはできねぇよと同期の悪魔に言われたことがあるのだが、現に私はできているので意味不明である。ちなみに、私はとある事情により『はぐれ悪魔』であるので、以降、同期とは顔を合わせてはいない。

が、あんな奴《やつ》どうでもいいのである。以上。

かくも、日々は幸福だ。

さて、この後、ご主人様のもとには客人がおいでになるという。

本来、私はおもてなしをしなければならない。だが、ご主人様は出迎えだけで、それはいいとおっしゃられた。なぜかと言えば、私と本日の客人であらせられる美舟《みふね》嬢の相性が、バリバリに悪いからである。

ご主人様とは異なり、美舟嬢は従者を顎《あご》で使われるタイプだ。彼女の高飛車ぐあいに、私はつねづね困らされている。だが、ご主人様いわく、『美舟さんは素直になれないだけで、本当はとってもいいかたなのよ』とのことだ。

しかし、私はそうは思っていない。また、私と美舟嬢の相性が悪いのには、去年の夏に起きた出来事が関係しているのだが……まあ、今はそれはいいだろう。

さて、ご主人様にお暇《いとま》をいただいたあいだ、執事たる私はどうするべきか。

本来は、仕事を山ほどこなさなくてはならない。だが、ご主人様には、夜助は好きに休んでいていいとおおせつかっていた。そういうときに、私が休まず働き続けると、ご主人様はとても悲しまれる。何せ、慈悲深く、優しいおかたなのだ。

そのため、私は書きかけの原稿をミリ単位のズレもなくきっちりと整頓《せいとん》した後、ありがたく趣味に走らせていただくこととした。だが、その前に、美舟嬢のお出迎えである。

玄関前にたたずむ彼女は、あいかわらず華やかな女性であらせられた。

オレンジ色のワンピースにデニムのボレロ、イエローベースの化粧がよくお似合いで、自慢の形のいい爪《つめ》はマニキュアで艶々《つやつや》だ。深々と、私は彼女に頭を下げる。

「美舟様、ようこそいらっしゃいまし……」

「琴音はいる?」

人のあいさつくらい聞けぃと言いたい。だが、私は笑顔でうなずいた。こちらにと示すと、彼女は私の肩に軽くぶつかりながら、ずかずかと中へ進んでいった。

本棚とガレの花瓶に飾られた一室では、ご主人様がお待ちだ。彼女は穏やかに美舟嬢を迎えられた。私はお茶と菓子だけをださせていただき、先達《せんだつ》てのお約束どおり、自由時間へとひとり突入した。

別々に、私達は穏やかな時間をすごす。

だが、その間にも事件は起こったのだった。

＊＊＊

美舟嬢、お帰りの時刻となられた。

趣味の時間を終え、私は見送りへと向かう。その前に、原稿を確認し、思わず眉根《まゆね》を寄せた。ミリ単位で、ぴったりと重なっていた原稿が一枚ズレている。私は顔をあげ、辺りを見回した。窓は閉じてある。空調も本日は動かしていない。はてさて、これの意味するところとは……考えながら、私はご主人様の部屋へと急いだ。

「夜助、美舟さんがお帰りになるわ。お見送りを頼めるかしら」

「かしこまりました」

「ひっ」

ひっ、ってなんだ。ひっ、って。

私は美舟嬢のほうを見る。瞬間、サッと目を逸らされた。

頭から爪先《つまさき》まで、私は彼女の姿を眺める。そこで、私はふむと顎を撫《な》でた。爪を彩る艶々のマニキュアが微妙に剝《は》げていた。さらに、足には茶色の切れ端《きはし》がくっついている。

うむうむと、私は思う。また、反応の理由についても予測がついた。

まあ、無理もない。そう、私は続けて頷く。そうして、口を開いた。

「美舟様」

「なっ、なによ」

「私を避けていらっしゃいますね？」

「そ……そんなこと、ないわよ」

弱々しい声で、美舟嬢はおっしゃられた。その顔は微妙にひき攣《つ》っておられる。ちなみに、今まで彼女にこのような態度をとられたことは一度もない。何事も派手好きで態度のきつい美舟嬢はいつも私には上から目線であった。それがこれである。

何かを恐れるかのように、彼女は慌てて立ちあがった。

「帰るわ。お邪魔したわね、琴音」

その腕を、私はがしりと捕まえた。

美舟嬢はなにごとか文句を口にしようとする。だが、その前に、私は口を開いた。

「ご主人様、泥棒です」

そう、萩原《はぎわら》美舟嬢。

何を隠そう、彼女はこの屋敷《やしき》を訪れた狼藉者《ろうぜきもの》のひとりなのである。

＊＊＊

「な、なんで、私が泥棒なのよ」

「あなた様は、何故か私に対して退いた態度をとっておられますね？　今まではそうではなかったのに、です。この変化には意味があると考えるべきでしょう」

「なによ……たんに、あんたの顔が急に嫌になっただけかもしれないじゃない？」

「私の顔面のできは悪くないと、ご主人様に認めていただけております……さて、ここに来る前ですが、私は趣味で書いている原稿を確認しております。整えてあった、その一枚目が乱れておりました」

「だ、だから何よ」

「窓は締めきられ、風もありませんでした。それなのに乱れていたということは、誰か手に取ったものがいた、ということです。そして、美舟様のこの態度の変化……さては……お読みになりましたね？」

ぎらっと目を輝かせて、私は言う。

ぎくっと、美舟嬢は肩をこわばらせた。そう、私は彼女を指さして宣言する。

「私の執筆中の『混迷世界における、全人類ご主人様渇望論』を読まれたでしょうっ!」

「あんた、あんなの書いてるって主人の前で言っていいの⁉」

美舟嬢はちょっと泣きそうな声をだした。

ちなみに、私のカマかけにあっさりと引っかかってもいる。

しかたがないと私は思う。あの文章はモーセが神から与えられた十戒のごとく世の指針となるものだが、今まで目にした人間からはことごとくドン引きの反応が返ってきていた。大いなる救いを前に、人は怯《おび》えるものですね。わかります。

ともあれ、これで美舟嬢が、私の原稿を読んでいることは確定した。

美舟嬢は狼狽《ろうばい》した。慌てて、彼女は言い訳を並べ始める。

「た、確かに、私はあんたの原稿を読んだわ。お手洗いからの帰りに、なんとなく部屋を覗《のぞ》いて、ちょっとだけ……でも、それでなにが泥棒なのよ! おかしいでしょう!」

「そうですね。入ったのが、一部屋だけならばそうでしょう。ですが、マニキュアが傷ついておられます。そして、足についたその茶色い欠片《かけら》!」

「えっ？」

「それはガムテープですね。ガムテープを使った部屋はただひとつ。本日、強盗の侵入があった、奥様の化粧室のみです」

「琴音に聞いてたけど、物騒《ぶっそう》すぎない⁉」

美舟嬢は叫んだ。残念ながら日常茶飯事です。

今は春風邸の物騒さは置いておいて、私は私の推理を続けた。

「あなた様のマニキュアはボロボロになっておられる。何か硬いものを開けようと試みでもしなければ、短時間でそうはならないでしょう。あなた様は数部屋をさまよった後、奥様の化粧室でアクセサリー入れを発見……強盗にも開けにくかったというそれを、無理やり開こうとなさったのでは？」

「証拠はあるんですかー。証拠はー？」

美舟嬢は言う。ああ言えばこう言う。ええい、往生際が悪い。

私はパンッと手を叩きあわせた。

「それでは、化粧室に行ってみましょう。蓋《ふた》にマニキュアが残っているかもしれません」

「あらあら、まあまあ。なんだか大変なことになってしまって……どうしましょう」

ご主人様は不安そうな顔でおろおろとなさっている。

美舟嬢は強気に私を睨《にら》みあげた。

かくして、私達は奥様の化粧室へと向かった。

＊＊＊

奥様の化粧室は、それ自体が宝箱のようなお部屋だ。

床には厚いペルシャ絨毯《じゅうたん》が敷かれており、大輪の花柄《はながら》の壁紙が全体に華やかさを添えている。右手の壁はウォーク・イン・クローゼットになっており、たくさんの洋服や帽子が、今でも奥様の帰りを待ちわびていた。

そして、古い鏡台の前にアクセサリー入れは置いてある。

そこで、美舟嬢はきょろきょろとあたりを見回した。

「あれ……おかしいわね。鏡台前に、机があったはずなのに」

おい、今ちょっと自白しなかったか？

だが、化粧室に侵入していたとしても、それだけで泥棒とは言えない。

私はそっとアクセサリー入れを手にとった。ずっしりとした重さが伝わる。

中には多少の揺れならびくともしないほど、きっちりと奥様のアクセサリー類が納めてあるはずだ。だが、その蓋にマニキュアの痕《あと》は残っていなかった。美舟嬢は胸を撫《な》でおろす。態度で自白している気もするが、これで証拠のないことは確かとなった。

だが、言い訳は利かないのだ。

何せ、目撃者がいるのだから。

「美舟様……あなたはトイレにでも行くと言って、ご主人様の下を離れられた後、部屋をいくつか覗き、私の原稿をちらっと読んだうえに、化粧室へ侵入。アクセサリー入れを開き、泥棒行為を働かれましたね？」

「だから、証拠はないでしょう！」

「今すぐでる証拠はありませんが、目撃者はおります。また、あなたはアクセサリー入れに触られる前にちょっと蹴《け》つまずかれ、ご主人様の写真立ての置かれた、テーブルクロスで覆《おお》われた机の上に無防備に手を突かれた……指紋を取ろうと思えば取れるでしょう」

「そんな……目撃者なんていなかったわ！　それに見てよ。机なんてないじゃない！　なんでさっきまであった机が消えているのかは全然わかんないけど、とにかくないものはないのよ！　ほら、証拠なんてありませんーっ！」

やっぱりこれ、自白してないか？　そう思いながらも、私は背筋を正す。

よろしい、ならば消えた机の謎《なぞ》もきっちりと解かせていただこう。

そうして、私は堂々と告げた。

「あの机はですね……私だったのですよ」

「なんて？」


美舟嬢はちょっとよくわからないという顔をした。

なんてもなにも、そのままの意味である。人間椅子の別バージョンだ。

趣味の時間を、私は机になってすごしていたのだった。

＊＊＊

人間が机になる——というと、悪魔的な力を想像されるかもしれないが、決してそうではない。たんに平らで丸い板を頭上で掲げ持ち、中腰になって、足まで覆うテーブルクロスをかぶる。これだけである。やってみればその困難性はわかると思うが、そこは根性だ。

「そんな！　私が手を突いてもびくともしなかったのに⁉」

「足腰なら十分に鍛《きた》えておりますから。それにうっかり動いて、ご主人様の写真立てを倒すわけにはまいりません」

ふらっと、美舟嬢は眩暈《めまい》を覚えたかのように揺れられた。そして、彼女は呆然《ぼうぜん》と言う。

「な、なんで、机になんてなってたのよ」

「本当はご主人様のベッドにしていただくのが一番いいのですが、寝心地の面を考えれば無理は言えません。そのため、私は机に扮《ふん》し、趣味の時間をご主人様の写真立てを支えることで恍惚としていたのです」

「琴音ぇ！　あんた、こんなヤバイの執事にしてていいのぉ!?」

こんなとはなんだ、こんなとは。あとヤバイのとはなんだ、ヤバイのとは。

ともあれ、私はすべてを見ていたのである。

何かあったとき用に、テーブルクロスには小さな穴が二つ開いているのだ。そこから、私は部屋の中を見渡していたのだった。

間違いなく、美舟嬢は化粧室に侵入、焦った様子でアクセサリー入れを開け、そそくさと部屋を後にされた。まるで、物凄《ものすご》く後ろめたいことを行った後のように……。

本当は現行犯で捕まえてもよかったのだが、なにせ、相手はご主人様のご友人。その後、どういう行動にでるつもりなのかを見届けたかったのだ。だが、彼女はそのまま帰ろうとした。泥棒を逃がすわけにはいかない。私は今度こそ彼女を捕まえることとしたのだ。

「こ……こんな、くっだらないことで……バレたの」

美舟嬢は打ちひしがれている。

失敬な。机になることはくだらなくなどないのである。

だが、さて、これからどうしようか。

脳内で、私は『悪魔的解決法』を回し始めた。

＊＊＊

「正直にお言いなさい、なんでこんなことをしでかしたんですか？」

問いながらも、私には予測がついていた。

実は、ご主人様と美舟嬢は、以前アクセサリーをめぐって揉《も》めている。

去年の夏、ご主人様と美舟嬢、数人のご友人は、私の運転する車でキャンプに向かわれた。そこで、ご主人様の『犯罪被災体質』による盗難事件が起こった。幸い、怪我人《けがにん》は出なかったものの、美舟嬢が身につけていたネックレスが盗まれたのである。

美舟嬢は、琴音の運の悪さに巻きこまれたと、散々にご主人様を罵《ののし》られた。神が怒らずとも、この夜助は激怒し、場は八つ墓村と化しかけた。

以来、私は美舟嬢に対して親の仇《かたき》にも似た感情を抱いているのである——だが、当時、己の『犯罪被災体質』を知るご主人様は丁寧に謝られ、ネックレスを弁償なさったのだ。ネックレスは十三人目の彼氏に貰《もら》った品とのことで、美舟嬢はそれから先も長々とキレておられた。だが、その後、彼氏と別れたこともあり、矛を収められた。さらにあのときは怒りすぎて悪かったと最近に至るまでご主人様にくりかえし謝られすらしたのだという。

ともあれ、後に引く遺恨などないはずだった。

そう、通常なれば。

だが、人の想《おも》いなど本当のところはわからない。

今になって、彼女は強盗の話を聞き、それならば一個くらい盗《と》ってもバレないだろうと思ったのか——ご主人様に意趣返しをするべく、アクセサリーを奪おうとしたのだろう。

かくも、ご主人様は人から怨まれる運命にある。

だが、たとえ元はといえば『犯罪被災体質』による強盗事件がきっかけで生じた気の迷いであろうとも、泥棒は泥棒だ。私は許すつもりはない。

私はよりいっそう強く、美舟嬢を押さえつける。

とたん、彼女はもがいて逃げだした。

「ええいっ、捕まるもんですか!」

「おっと」

美舟嬢は化粧室から駆けだした。私は後を追いかける。

春風邸の長い長い廊下を走っている間に、彼女は玄関にたどり着《つ》く前に追いつかれると気づいたのだろう。向かう先を急転換し、ご主人様の私室に戻られた。

そうして、本棚に飛びつくと、美舟嬢は次々と中身を投げてきた。

ハードカバーの本も速度を持てば十分な凶器である。ご主人様にひとつでもぶつけるわけにはいかない。この夜助、頑強な盾となるべく、次々と本に全力で激突した。

『百年の孤独』、『モモ』、『純真なエレンディラと邪悪な祖母の信じがたくも痛ましい物語』などが腕や胴を直撃する。事態とは無関係なことだが、題名が長くないだろうか？

やがて、手の届く範囲の本を投げ終えると、美舟嬢はわんわん泣き始めた。

私は彼女にそっと近寄る。

そして、その耳元に悪魔の囁きを投げかけた。

「いっそ、思っていることをすべてぶちまけておしまいになってはどうですか？　……そうすれば、きっと楽になりますよ」

「で、でも」

「私はあなた様を許すつもりはありません。このまま黙り続けても警察にお連れします」

「……そうよ、私は琴音のことがムカついてた。ずっとずっと、腹が立っていたからやったのよ！」

美舟嬢は自白した。キッとご主人様をにらみつけ、彼女は棘《とげ》のような言葉を続ける。

ハッとご主人様は息を呑まれた。そのお姿に向けて、美舟嬢は畳みかけるように言う。

「あのとき、自分が不運だってわかってるのに、なんでいっしょに来たわけ？　そのせいで、私のネックレスが盗まれたこと、許してないんだから！」

ご主人様はご自身の体質をよく理解していらっしゃる。そのため、当初、彼女は誘いを固く断わられた。それなのに、車がないからと無理やりご主人様を連れだされたのは美舟嬢達である。だが、彼女は棘のある言葉を続けられた。

「アンタなんて、一生家にひきこもってればいいのに！」

「はい、そこまで。もう十分です。とうっ」

鋭く、私は美舟嬢の首筋に手刀を叩《たた》きこんだ。きれいに、彼女は昏倒《こんとう》する。

後は警察に引き渡せば、見事に前科一犯だ。

その前に、私はある重要事項を確認する。

さて、ご主人様の反応たるやいかがなものか？

大きな目に、ご主人様は宝石のような涙を浮かべられていた。

ああ、なんとおかわいそうな！　私は胸に張り裂けるような痛みを覚えた。だが、その底には甘美なうずきが潜んでもいる。

それもこれも、ご主人様に悪堕ちしていただくためにはしかたのない試練なのだ。

ほら、ご主人様。人間なんてロクでもないでしょう？

そう目で訴える私の前で、ご主人様は悲鳴のように叫ばれた。

「ああ、なんてひどい。もう人間なんて信じられないわ。夜助、私にはあなただけよ！」

これぞ、至上の幸福――……。

ご主人様のお言葉に、私は美酒をあおったかのごとく酔いしれた……。

＊＊＊

以上が、私の悪魔的解決方法の妄想である。

はい、妄想です。実現させてはいない。だが、美舟嬢が逃げだしたところまでは本当である。今、目の前で、彼女はわんわん泣いている。甘くそそのかせば、美舟嬢は似た言葉を吐くだろう。そういう予感があった。口元に、私は三日月形の笑みを浮かべる。

そうして、私は美舟嬢の耳元にゆっくりと口を寄せた。

そのときだ。

「夜助、美舟さんから手を離しなさい」

ご主人様がおっしゃられた。

ああ、ご主人様は本当にお優しい。明らかな泥棒相手にも、彼女は変わることなく、慈悲をかけられるおつもりなのだ。だが、ご主人様は続けられた。

「だって、泥棒なんてどこにもい、い、い、いないわ！」

かくして、ご主人様の『超善意的解釈』が回り始めた。

まず、ご主人様は美舟嬢を立たされた。

さらに慈悲深きことに、ご自身の椅子を彼女に譲られた。ここで私はすかさず四《よ》つん這《ば》いになり、ご主人様お座りください！　と叫ぼうとした。だが、ぐっと堪えた。私も空気を読むときは読むのである。夜助はできる子なのだ。

椅子に腰かけて、美舟嬢はおろおろとしている。

ご主人様はたたっと自ら走られると、どこかへ向かわれた。戻られたとき、ご主人様の手の中には一枚の皿があった。その上には、マカロンが積まれている。

老舗《しにせ》デパートでこの夜助が朝六時から並んで入手した逸品だ。ご主人様の好物である。

「はい、召しあがれ」

それを惜しげもなく、ご主人様は美舟嬢に差しだされた。パステルカラーの菓子を、美舟嬢は恐る恐る摘《つ》まれる。ピンク色をサクッとかじって、彼女は目をまたたかせた。

「あっ、おいしい」

「よかった。お菓子を食べると気持ちが落ち着きますよね」

あたりは和やかな空気に包まれる。一見事態は解決したかのような雰囲気になった。

だが、このままでは美舟嬢の容疑は晴れない。

さて、ご主人様はどうなさるおつもりなのだろう?

鋭く事態を観察する私の前で、ご主人様は歌うように続けられた。

「美舟さんを泥棒だと考えると、おかしな点があるわ」

＊＊＊

さすがにご主人様のお言葉でも無理がある。

そう、私は思った。

美舟嬢が化粧室に侵入し、アクセサリー入れを開けていたのは揺るぎない事実なのだ。

何せ、私が目撃している。

それなのに、おかしなことなどあるものだろうか？

そう首を横に振る私の前で、ご主人様は高らかなお声で指摘をされた。

「今ね、私のアクセサリー入れを覗いてみればいいと思うの。きっと、なにもなくなってなんかいないわ」

「ご主人様、人がアクセサリー入れをこっそりと家人に内緒で開いたのならば目的はひとつ。必ずなにかを盗っていくと思うのですが」

「違うわ。美舟さんがアクセサリー入れを覗いたのは、盗むことが目的じゃなかった。アクセサリー入れを開いていたとしても、その目的が盗むためとは限らない」

ご主人様はおっしゃられる。

ならば、なにが目的なのだろうか。ただ、中を見たかったとでもいうのだろうか。いや、それならばたんにご主人様に頼めばいい。マニキュアをボロボロにしてまで、蓋を開ける必要などないではないか……すると、ご主人様は胸を張られた。

「そう、美舟さんは、アクセサリーを返そうとしていたのよ！」

うん？　と私は首を傾げる。いったい、どういうことだ。

だが、ご主人様は迷うことなく続けられた。

「多分、大学で、かしら。美舟さんは、私の落としたアクセサリーを拾うかなにかしたのよ。でも、美舟さんと私の間には、以前の出来事がある。私は気にしていないけれども、美舟さんは何度もあのときのことは怒りすぎだったと、最近まで口にされていた……だから、彼女は思ったのよ。アクセサリーを返そうとしたらどうなるか。実は嫌がらせにお前が盗んだのだろうと疑われはしないかって」

「ご主人様は、そんなことは思われないでしょう。それに、盗人《ぬすっと》が自分からアクセサリーを返すなんて、普通、人は考えないものです」

「ええ、でも、人はときに恐れる必要のないことを恐れるものよ。そうして、美舟さんは、アクセサリーをこっそり返すために箱の蓋を無理やり開けた……けれども、中身はきっちりと詰まっていて、新しいものを入れられない状態だった。そして、美舟さんはなにもしないで帰ったの。その様が、夜助には泥棒をしているように見えたのね」

中身がきっちりと詰まっている事実は、私が先程アクセサリー入れを持ちあげながら考えたことでもある。だが、本当にそんなことがあるのだろうか。

私は美舟嬢のほうをうかがった。

こっくりと、彼女はうなずいた。

「う、うん、実はそうなの。泥棒だって思われるのが怖くってこっそり戻そうと思って」

「それで無理やり蓋を開けるぅ⁉」

「人は凄く迷ったときは、衝動的な選択を取ってしまうものよ、夜助」

ご主人様は優しくおっしゃられた。美舟嬢は何度もうなずく。

そこで、私はハッとなった。

目撃した光景を、私は思いだす。

美舟嬢は化粧室に侵入、焦った様子でアクセサリー入れを開け、そそくさと部屋を後にされた。まるで、物凄く後ろめたいことを行った後のように……。

本当にただ善意で返すだけならば、あそこまで焦る必要も、後ろめたさをかもしだす必要もない。ならば、答えはひとつだけだ。

実は美舟嬢は、本当に泥棒をしていたのではないか？

だが、それは今日ではない。

もっと、ずっと前のことだ。

美舟嬢はご主人様のご友人である。機会はいくらでもあったであろう。

物凄くバリバリにブチキレていたときに、美舟嬢はご主人様のアクセサリーを盗んだのだ。だが、彼氏とはご破算になり、怒りは少しずつ収まっていった。

そうして、罪の意識のほうが段々と重くなったのだ。最近になっても、彼女が怒りすぎたと口にしていたのは、裏に隠している罪の存在があったからだろう。ついに、それはバレたらどうしようと、パニックをひき起こすまでになった。

そのせいで、美舟嬢は落ちていたとでも口実をつけて渡すことができず、あくまでもこっそりとアクセサリーを返そうとしたのだ。

そう考えれば、彼女の衝動的な行動にも説明がつく。

これで、恐らく当たりだろう。

そして、ご主人様は決して愚かではない。この可能性にはすでに気づいていらっしゃるだろう。それでも、ご主人様は天使の笑顔を崩さない。

美舟嬢は小さく震えている。

彼女に、ご主人様はそっと手を差しだされた。

美舟嬢はそのうえに、蒼《あお》の宝石がはまったブローチを置かれた。宝石はイミテーションだ。それはご主人様の持っている中では、とても、とても安価な品だった。

それでも、美舟嬢の罪の意識は、大変なことになっていたのだ。

罪悪感に打ちのめされている美舟嬢に、ご主人様はやわらかく囁かれた。美舟嬢の、恐らくなした泥棒の罪を、すべてなかったことにする一言を。

「これ、知らないうちに落としてしまっていたのね。ありがとう、美舟さん」

「こ、琴音ぇ」

「本当にありがとう」

ご主人様は美舟嬢の両手を掌で包みこんで、上下に振った。

美舟嬢はぽろぽろと大粒の涙をこぼし始めた。わっと、彼女はご主人様に泣きつく。その頭を、ご主人様は優しく撫でられた。大声で泣きながら、美舟嬢は尋ねる。

「琴音、琴音、私のことを嫌いになった？」

「いいえ、嫌いになどなりませんよ」

「ありがとう、ありがとう、琴音。ありがとう」

美舟嬢は泣き続ける。私はその心細そうな様子に驚いた。罪の意識は、美舟嬢の中に強く根を張っていたのだろう。やがて、彼女は祈るような、願うような言葉を絞りだした。

「……アンタみたいな優しい子は、どうかこれからも私の友達でいてね」

「ええ、もちろん」

ご主人様はほほ笑みと共に、美舟嬢のすべてを許された。

拳《こぶし》を握りしめ、私は天をあおぐ。

またしても完敗である。

完封逃しのサヨナラホームラン。夜助大失態。ご主人様の大勝利であった。

事態は『天使的解決法』を迎え、お二人の友情は深められた。ご主人様の人間への信頼は揺らぐどころか、厚くなるばかりである。

本来友情など粉々になる事態も、ご主人様の手にかかれば絆《きずな》の深まる結果となるのだ。

悪魔として、私は歯嚙《はが》みする。

悔《くや》しかった。切なかった。

けれども、その結論に辿り着かれるご主人様の強さが、どうしようもなく愛《いと》しかった。

それでこそ、私のご主人様である。

ブラボー！　ブラビッシモ！　コングラッチュレーションズ！

大好き！　愛してるぅ！

そう、私は悶絶する。

私の前では、美舟嬢とご主人様が固く抱きあわれていた。

＊＊＊

「じゃあね、琴音。本当にごめんね……また大学でね」

その後、美舟嬢は紅茶をお飲みになって帰られた。

泣き腫《は》らした目をした彼女は、いつもよりずいぶん素直で、魅力的に見えた。

私は美舟嬢をお見送りし、机の片づけを始める。ふうっと、ご主人様は短く息を吐かれた。午前中からの怒濤の展開に、さすがにお疲れになったらしい。

そこでふと、ご主人様はおっしゃられた。

「そういえば、夜助……『混迷世界における、全人類ご主人様渇望論』っていったいなんなのかしら？」

「お見せしてもかまいませんが、ご主人様のお気に召されるものかどうかは……」

「かまいません。夜助の書いたものならば読んでみたい」

きっぱりと、ご主人様は続けられた。私はうぐっとなる。

あの原稿は、現代社会への福音となると私は固く信じている。

だが、今の今まで、あらゆる人間にドン引きされてきた代物でもある。

さしもの私も、ご主人様に嫌悪をしめされればサラサラと灰になってしまう。そう悩んだものの、ご主人様のお言葉は絶対だ。

「こ、……こちらで……ございましゅ」

「ありがとう、夜助」

原稿を取ってくると、私は震える手で差しだした。

ぱらっ、ぱらっ、ご主人様がページをめくられる。

やがて、全部を読み終えられるとご主人様はうなずかれた。

「夜助が、これを書いていて幸せなら、私はとてもいいことだと思うの」

愛しさに、私は彼岸で手を振るおばあちゃんの姿を見た。

第三章

この世には大別して二種類の人間がいる。ご主人様かそうでないかだ

皆様、ご存知のこととは思うが、この世には大別して二種類の人間がいる。

ご主人様か、そうでないかだ。

性別も、肌の色の違いも、国籍も、貧富の差も、学歴も関係がない。

ご主人様とはお金持ちでなければなれないのではないか……と思っている方は、失礼ながら大きなかんちがいをしている。あまりの発想の貧困さに、この夜助、ぷふーっと吹きだしてしまう。なにも持たずとも、ご主人様にふさわしいかたはいらっしゃる。逆に、何もかもを持っていても、決してご主人様にはなれない人間も世界には存在する。

ゆえに、あなたが『自分のご主人様にふさわしい』と思うかたを見つけたときに、やるべきことはひとつだけだ。

決して離してはならない。

その場で土下座してでも、己のご主人様となっていただくことをオススメする。

もっとも、土下座ごときでご主人様の歓心を買えると考えているのであれば、それは大いなる傲慢《ごうまん》だと、私は思いもするのだが……これに関しては異論もあろう。

長々と語ってしまった。だが、私の主張自体は実にシンプルなものだ。

この世にはご主人様と、そうでない人間がいる。

そうでない人間はすべて、ご主人様を求めるべきなのだ。

そうして、ご主人様を得た人間は幸いである。

この私、佐山夜助のように、だ。

＊＊＊

現在、ご主人様と、私、夜助は散歩にでかけていた。

木漏れ日の中を、我々はのんびりと進んでいく。

今日はお散歩日和である。大学の講義も半日で終わられて、隣ではご主人様がくるくると日傘を回されている。夜助はうっとりきらきらいい気分、夢見心地であった。

年季の入った灰色のコンクリート坂には、丸い輪っかが大量に型押しされている。左右からは古い街路樹が枝を伸ばし、さらさらと緑の葉を揺らしていた。懐《なつ》かしさに駆られる光景である。本日、ご主人様はいつもは歩かれないコースをお通りになられていた。

ご主人様の『犯罪被災体質』を考えると危険な行為ともいえよう。だが、いつもの道を歩いていても、突然ワゴン車に拉致《らち》されかけたりするので似たようなものである。

何より、ご主人様は己の身の安全よりも、自由を愛されるおかたであった。また、この夜助のことは、いくらその体質に巻き込むことがあっても気にしないでいただけるよう、再三にわたってお願いをしてある。了解をしてくださって以降、ご主人様はどこへ行くにも私を連れて行ってくださるようになった。ありがたいお話である。夜助、大喜びであった。

実際、私からすれば、ご主人様があらゆる苦難に巻きこまれたほうが、都合がいいのだが……。そんな私の悪い心を知ることなく、風に流れる黒髪を押さえて、ご主人様はほほ笑まれる。

「風がきもちいいわね、夜助」

「はい、誠に。まるで、ご主人様の美しさを、世界がさらさらと称えているかのようでございますね」

「まあまあ、うふふ」

ちなみに、ご主人様の『まあまあ、うふふ』はちょっと返事に困ったときのお応えでもある。夜助しょんぼりである。でも、ご主人様がかわいらしいのでＯＫです。

我々は坂をのぼりきった。

そこで、私は思わずまばたきをした。

目の前にはちょっとしたお屋敷が建っていたのだ。

問題は、そこにいっさい人の気配がないことである。

西洋館を思わせる格子窓はすべて割られていた。チョコレート色の外壁には、無数の蔦《つた》が這《は》っている。塀と塀の間にある黒く瀟洒《しょうしゃ》な門扉も、よく見れば錆《さ》びだらけと化していた。

一応、『売り家』の札がかかってはいる。が、金輪際、買い手が現れるとは思えない。

簡潔に言えば、『幽霊屋敷』といった趣だ。

ちなみにこの夜助、悪魔という本来の職務上、幽霊には何度か会った経験があったりする。結論から言うと、私は幽霊が大嫌いであった。奴らはなんかちょっとした悪魔よりも性質が悪いのが多い。呪《のろ》いとか抱《かか》えている輩にいたっては、ぶっちゃけ怖いほどだ。

そのため、夜助的に『ありかなしか』で言えば、この建物はかなり『なし』であった。

なんか出たら怖い。

そのため、私はご主人様に一刻も早く離れることをオススメした。

「ご主人様。こうした古い建物は危のうございます。近づかれないほうがよろしいかと」

「……夜助、でも、今、窓際に人が」

「ぶわぁあああ、なぁにをご主人様の前に姿を晒しておるか、このすっとこどっこい！」

思わず本音百二十五パーセントなセリフがでてしまった。だが、窓際の人影の正体が幽霊だとすれば、言うべきセリフは他になかったのである。

ご主人様の前に姿を見せるとは不敬な。祟《たた》ってくるのならば、この夜助、丑《うし》の刻参《こくまい》りで祟り返し殺すぞというやつであった。

そのとき、窓際の影がゆらりと動いた。

私は身構える。ご主人様は首を傾げられた。

しばらくして、玄関の開く音と共に、やかましい声が聞こえてきた。

「もうやだ！ ちー君、捜す気がないでしょ！ そんなに、アコのことが嫌いなの？」

「違うよ、そうじゃないよ。もっとよく捜すから」

「嘘ばっかり！ もうやだやだやだ！」

幼《おさな》い声とともに、黒い門が開かれた。

すわ、幽霊かと私は身がまえる。だが、幽霊は物理的に門を動かしたりはしない。ポルターガイストとかもあるにはあるが、アレは動かしているのは実は生者であるパターンのほうが多い。また今回、門は普通に人間の手で開けられた。

あっという間に、小学校低学年くらいの二人組が外に出てきた。

一人は髪をふたつ結びにした少女。もう一人は髪を短く切った少年だ。少年のほうは何やら陰気な目つきをしている。

少女のほうはといえば、大きな瞳にご主人様を映した。

瞬間、彼女は何を思ったのだろうか。

ひとつ言おう。『犯罪被災体質』の一環として、ご主人様には『まず、巻きこまれる』という特性がある。今回のコレも恐らくそのせいだった。

瞳をうるませ、突然、少女は大声を出したのだ。

「お姉さん、私達を助けてください！」

いやいやいやいやと、私は思った。

いやいやいやいやいやいや、いきなりご主人様を巻きこむな。

あと、夜助『お兄さん』のことは無視かい。

＊＊＊

話を聞いてみると、飼っていた猫がいなくなったのだという。

正確には、飼う寸前だった猫だ。

「アコっていうの。キジトラ白っていう種類の猫よ。お姉さん知ってる？」

小学校低学年にしては、聡明な少女である。

そのアコというキジトラ白は、先日、段ボール箱の中で震えているところを発見されたらしい。アコと名づけたのは少女のほうだ。ちょっと変わったネーミングセンスである。

二人ともアコを家で保護しようと考えた。だが、いきなり連れ帰っても、家族に反対されてしまう可能性が高かった。そのため、二人は一時的に、この屋敷にアコを連れてきて、餌《えさ》と水を与え、家族と交渉のうえで、後日連れ帰るむねを約束したのである。

そうして、少女のほうが自分の小遣いの大幅減額と世話係になることを条件に、家で飼う許可を得た。だが、翌日になって屋敷に戻ってみたら、アコが消えていたのだという。

「屋敷の外に出たのではありませんか？」

「違うもん！　外に出る扉は全部しっかり閉じてあったもん！」

しかし、窓は割れている。猫が本気で脱出しようと思えばできただろう。だが、窓ガラスの割れかたはどこも中途半端《ちゅうとはんぱ》だった。下手に外に出ようとすれば傷を負った可能性が高い。だが、窓ガラスにその痕跡《こんせき》はなかった。

これだけ、広い屋敷だ。どこかに隠れていると考えたほうがいいのかもしれない。

そう思いながら、私は玄関ホールの真ん中であたりを見回す。

断わりきれずに、ご主人様と私は、屋敷の中に入っていた。

玄関ホールはがらんとしている。

そこから、二階の回廊へ階段が続いていた。

まず、私達は一階を見て回ることとした。木製の床にはところどころ穴が開いており、ガラス片やビニール袋などが光ってもいる。

足を運ぶたび、ギシギシと不穏な音が鳴った。

まっすぐ奥まで進むと、食堂と厨房があった。食器類はすべて片づけられており、ひとつもない。だが、持ちだしが面倒だったのか、長机が残されていた。

居間にも同様に、立派なソファーセットが置き去りにされている。日頃から子供達が座っているのか、上には埃よけの布がかけられていた。

一度は業者が入ったのか、床には青いビニールシートがかぶせられている。だが、ずいぶん前のことなのか、そちらは埃まみれだ。

物置部屋には大量の段ボール箱が積まれていた。隙間《すきま》はないので、この部屋に猫が入った可能性はなさそうである。

他の部屋にも、すべて小動物の気配はなかった。

代わりに、いたるところに虫は存在した。

「まあまあ、夜助、おっきな蜘蛛《くも》さん」

「蜘蛛にも怯えられないご主人様、超かわいいと夜助は思います」

可憐《かれん》にして強い心をお持ちなご主人様、最強ではないだろうか？

そして、他にも見られたのは花である。

食堂では机の上にチューリップの花束《はなたば》が、居間ではソファーセットの端《はし》に数本が飾られていた。根元には濡《ぬ》らしたガーゼが巻かれていたので、芸が細かい。猫がいたという玄関ホールにも、花瓶置きの上に空の牛乳瓶《びん》が置かれ、中にまだ蕾《つぼみ》のチューリップが二本入れられていた。

花弁が一枚、そばに落ちている。

そんな感じで、屋敷中がチューリップで彩られていた。

少女のほうが胸を張って言う。

「私の家で育ててるやつだよ。毎日、少しずつ切って持ってきて、可愛《かわい》くしているの」

他人の廃屋を勝手に飾るでないと言いたい。だが、人間の子供とは秘密基地が好きなものなので、こういうママゴト遊びにふけるのもしかたがないことかもしれなかった。

ちなみに、少女の名前は優《ゆう》。少年の名前は千里《ちさと》というらしい。

男女で名前の響きが逆な気もするが、最近はこんなものなのかもしれなかった。自由主義万歳《ばんざい》である。まあ、世界で最もすばらしき名前ランキング第一位の座は、春風琴音様で常に埋まっているのだが……。

「あと、見ていないのは二階ね」

「ご主人様のおっしゃるとおりでございます」

かくして、我々は猫捜しを継続する運びとなった。

だが、少年のほうはどうやら乗り気ではないらしい。

「もういいだろ……知らない人まで巻きこんで……アコはさ。きっと、どっかに行ったんだって」

「そんなことない！　この中にいるかもしれないじゃない！」

私は少年のほうに賛成だった。何せ、これだけ大勢の人間がどやどやと歩いているのに、猫の鳴き声どころか、足音も気配もしないのだ。更に、少年は眉根を寄せて言う。

「この人達だって信用なんかできないよ！　なんか頼りない顔してるじゃないか！」

おい待てや、千里少年。私のことはともかく琴音様の美しいお顔に何をぬかすのであろうか。柴漬《しばづ》けにするぞ。そうキレる私の心を知ってか知らずか、優嬢は唇をとがらせた。

「ちー君はいっつもこう。私が誰かと仲良くしようとすると、すぐに『しっと』するんだから！」

「そんなんじゃない！」

「きっと、この人達がアコを見つけてくれるよ」

「アコ、アコってさ……そんなに大事なのかよ。もう、もう、いいだろ。アコはもうさ、いないんだってば」

ふーん、ほーんと、私は思った。

何やら、ひっかかる物言いである。

奇妙に、少年の言いかたは断定的だった。

それでも、少女のほうは諦《あきら》めない。

消極的な少年を連れて、我々は屋敷の二階を回った。

＊＊＊

「見て見て、夜助。さっきの二倍くらいおっきな蜘蛛さん」

「やっぱり、怯えないご主人様、かわいらしさの権化ですね」

念のため、閉じてあった扉も開き、我々はひととおりを見て歩いた。

二階には、かつて住人が私室として使っていたらしき部屋が並んでいた。特に、屋敷の主人のものだったと思われる一室には、作りつけの立派な書棚や、アンティークなライトスタンドなどが残されていた。埃の中にそれらがたたずむさまには、一種の趣があった。

廃屋体験としては面白かったといえよう。だが、私は色々と問題も見つけた。

屋敷の中は、どこもかしこも古かったのだ。

特に、二階の張りだしたバルコニーなどは、だいぶ耐久性が怪しい。子供が遊ぶには危険な場所である。あとでちゃんと注意をしなければならなかった。

そうして、我々は一階に降りた。

うーむと眉根を寄せて、私は言う。

「玄関ホールではなく、二階の私室のひとつにでも、アコを閉じこめておけばもっと見つけやすかったのでは？」

「昨日は、この場所が一番月の光で明るかったんだよ……暗いところに、アコを入れておくのはかわいそうだったから」

懐中電灯とか、持ちだせなかったのだろうか。だが、まだ小学生なので、家人の目を盗みまくるのは無理があったのかもしれない。子供とは自由であると同時に不自由である。

最後に、優嬢は裏庭へ続くという扉へ飛びついた。

「この向こうは高い塀で囲まれた場所になっているの。ちゃんとドアは閉じてたんだけど……もしかして、ここにいるかもしれない」

「いないよ！」

耳がキーンッとなった。千里少年は、それほどの大声を出した。

なぜか千里少年は拳を固め、目をうるませている。

私はまた、ふーん、ほーんとなった。

私は玄関ホールを見回す。花瓶置きのそばに、私はその跡を確認した。予想通り、焦《こ》げ茶《ちゃ》色の床に黒っぽい染《し》みが残っている。何かで濡れた跡だろう。

私の視線の先を見て、千里少年が口を開いた。

「何を見てるんだよ！」

「いや、別に」

そううそぶいて、私は薄っぺらい金属の扉に向き直った。この向こう側にも、恐らく『何か』がある。ドアノブを、私は掴んだ。

「失礼、中を確認させてください」

裏庭へ通じる扉を、私は開いた。そこには、優嬢の言葉どおり、高い塀で囲まれた空間があった。雑草が生《は》える中に、大きな木が一本、しっかりと根を張っている。その足元に、私はバッと這いつくばった。背後で、ご主人様が首を傾げられた気配がする。

「夜助、なにをしているのかしら？」

「ちょっと探し物がありまして」

「まあまあ、うふふ」

ご主人様は『まあまあ、うふふ』ですべてをなんとかしすぎなところがありますが、そんなところもかわいらしいと夜助は思います。私がそう考える間にも、焦った声がした。

「待てよ。そんなところには、なにもないだろう！」

「……いや、ありますね」

「ちー君どうしたの？　なにかあったの？」

「うっ……くっ」

千里少年は裏庭から飛びだした。そのまま、屋敷の外へ逃げるのかと思いきや、彼は二階へ駆けあがっていく。この場にいるのはいたたまれないが、優嬢を見知らぬ人間と屋敷に三人だけにするのもためらわれたせいだろう。

律義なのかそうでないのか、よくわからない少年だ。

ともあれ、私は捜索を続行する。

そうして、私は探していた跡を見つけた。

なるほどと、私は立ちあがる。

これで、だいたいのことはわかった。

中へ戻ると、私は二階へ向かった。ご主人様と優嬢は顔を見あわせながら、私についてくる。千里少年は、回廊の手すりの前にうずくまっていた。

一階をにらみながら、彼は絶望的な表情をしている。

その彼に向けて、私は告げた。

「千里君、君は猫を殺したね？」

ハッと、千里少年は顔を凍らせた。

重々しく、私はうなずいた。

＊＊＊

裏庭で、私が見つけたもの。

ソレは、なにかが埋められた跡だった。

恐らく、あの下には猫の死体があることだろう。

そう、アコは殺されていたのだ。

ちらりと、私は後ろを振り返る。

ご主人様は口元を押さえていた。優嬢には聞こえていないらしい。彼女は目をぱちくりとさせている。だが、この事実を知れば、なんと言うか……そこで、千里少年は叫んだ。

「優、下に行ってろ！」

「えーなんで、なんで」

「いいから！」

「もー、変なちー君」

そう唇をとがらせながらも、優嬢は一階へ降りて行った。さてと、私は千里少年に向き直る。千里少年は陰気な目で、私を見あげた。低い声で、彼は囁く。

「……どうしておじさんは、僕がアコを殺したと思ったの？」

「おじさん」

おじさん。

まさかの、おじさん。

お兄さんではなく、おじさん。まさかの。

やや衝撃を受けたものの、私はなんとか立ち直った。夜助は強い子なのだ。こんなことでは負けない。ふらっとしながらも、私は己の額に指を添えて告げた。

「そう、最初に違和感を持ったのは、君の言動のせいでした。『アコはもうさ、いないんだってば』……あまりにも断定的すぎます。このとき、私は君がもうアコがいないことを知っているのではないかと思いました」

「でも、なんで殺したって」

「君は嫉妬深《しっとぶか》い性格で、優嬢に近づく者には敵対的らしい。それに、一階に濡れた染みがありました……床が焦《こ》げ茶色なため、判別はつき辛《づら》かったですが、アレはアコの血の跡でしょう。この屋敷には凶器になるものなら大量にあります。私が跡を見つめていると、君は過剰な反応を示しました。そう、君がアコを殺したんだ」

「そんな……でも、僕は」

「違うなら、あの染みがなんなのか説明できますか？」

「確かに、僕はアコを殺して……」

ぼそりと、千里少年は呟いた。当たりだ。私はぐっと拳を握る。それにしても、小学校低学年で猫殺しをするとは恐ろしい少年だ。さらに追及するべく、私は口を開く。

そこが、千里少年の限界だったらしい。

彼は立ちあがると駆けだした。

前をふさぐ私をドンッと押そうとする。だが、全力の突撃を受けても、小学生の攻撃程度どうということもない。私は余裕しゃくしゃくであった。

そのはずが、私の目の前にはあるおかたが飛び出されてしまった。

「きゃあっ！」

「ご主人様⁉」

ご主人様は天使である。

故に、私をかばおうとなさったのだろう。さらに、思いがけないことが重なった。

ああ、もしやこれもまた、ご主人様の『犯罪被災体質』のなせる結果だったのだろうか。私と違い、か弱いご主人様はふらりと倒れられた。さらに、耐久性の危ういバルコニーの柵《さく》にぶつかられた。そこが、みしりと音をたてる。

あっけなく、バルコニーの柵は崩れた。

瞬間、ご主人様の体は宙に浮いた。

私の体も宙に浮いた。


この夜助、ご主人様が落下された瞬間、共に飛びだしたのであった。

＊＊＊

ガシッと、私は空中でご主人様を受け止めた。風圧が頬《ほお》を撫でる。そのまま、一階に落ち、私達はふわりと着地をした。そう、『ふわり』と、である。怪我《けが》はない。

正直に言おう。悪魔としては恥ずべきことだが、ちょっと羽根を出した。

ちょっと、羽根を、出した。

皮膜式の羽根で二、三度、空を切って、我々は着地したのである。

しかし、それにしても、羽根を出してしまったのはちょっとどころではなく恥ずかしい。人間で言えばぽろんしてしまった感覚に近い。これを人に見られていたら、私はその記憶を混濁させなくてはならなかった。

そして、私は優嬢のほうを見る。だが、彼女はなにがなんだかわかっていない様子だった。優嬢は壊れたバルコニーと我々を、交互に眺めてはあんぐりと口を開けている。

私は尋ねた。

「見ましたか？」

「がったーんって音がして、振り向いたら、お兄ちゃん達が床のうえにいた……」

ＯＫ。見ていない。

千里少年だが、こちらはご主人様を突き飛ばした後、ずっと尻《しり》もちをついている。目撃はしていなそうなので、大丈夫だろう。あとの問題は、ご主人様である。

私はバッとその無垢《むく》なる瞳を覗きこんだ。

ご主人様はほわほわした声でおっしゃられる。

「夜助、あなた、オリンピックにでられそうね」

よし、ＯＫである。ご主人様の天然っぷりはいつか世界をお救いになられる。まちがいない。かくして、この夜助のプライドは守られた。

さて、あとは千里少年をどうするかである。

ご主人様に手をだすとはふてぇ野郎だ。見逃すわけにはいかない。

この後の顚末《てんまつ》を、私は考え始めた。

＊＊＊

「優嬢、アコは千里少年に殺されていたのですよ」

「えっ？」

私はそう告げる。自白はすでに得ていた。言い逃れはできない。

千里少年は言ったのだ。『確かに、僕はアコを殺して……』と。

殺して、裏庭に埋めたのだろう。悲しい話だが、それが真実だ。

しばらく、優嬢は理解ができないようだった。彼女は唇をきゅっとひき結んでいる。

だが、じょじょに、その目に涙が浮かび始めた。

千里少年はまだ二階にいる。

彼に向けて、優嬢は叫んだ。

「ちー君、なんでそんなことをしたの!?」

「恐らく、アコに優嬢をとられると思っての嫉妬からでしょう」

首を横に振って、私は言った。ここは、はっきりしない部分でもあるが、他の解釈は難しい以上、そういうことなのだろう。私の言葉に、優嬢はさらに涙を浮かべた。

胸にぎゅっと手を押し当てて、彼女は大声で叫ぶ。

「ちー君の馬鹿！　大っ嫌い！」

千里少年の目に、確かな絶望がよぎった。

ふらふらと、彼は前にでる。縋《すが》るように、千里少年は優嬢を見つめた。だが、優嬢は千里少年をにらみ続ける。やがて、千里少年はなにかを諦めたような顔をした。

そのまま、彼は前に倒れる。

ご主人様が悲鳴をあげられた。

千里少年の体は手すりを越える。

高さは足りない。だが、落ちかたさえ誤らなければ死ぬことは可能だ。

ごきり、と嫌な音とともに、千里少年の首は折れた。

優嬢が高い叫び声をあげる。ご主人様は目をおおわれた。おかわいそうに。ふるふると震える肩を、私は強く抱いてさしあげた。

すると、ご主人様はおっしゃられた。

「ああ、なんてひどい。夜助、早く家に帰りましょう。私もう、一歩たりとも外へなんか出たくないわ！」

こうして、ご主人様は私の籠《かご》の鳥――。

私は腕の中にご主人様が堕ちてきた悦楽に酔《よ》いしれた。

＊＊＊

以上が、私の妄想である。

はい、毎度の妄想です。実行には移していない。

もっとも、似たような惨状を起こす自信はあった。千里少年は優嬢のことがとてもとても好きなようだ。彼女に拒絶されれば、同じことが起きるだろう。

真実を告げるべく、私は口を開く。だが、そこで涼やかな声が鳴り響いた。

「床の上の染みを、もっと合理的に説明できるものがあるわ！」

私の腕の中で、ご主人様がおっしゃられた。

シュタッと、彼女は立ちあがる。

そうして、チューリップが二本挿してある、『空』の牛乳瓶を指さされた。

「牛乳瓶の中の水よ！　さっきから思っていたの。お花が挿してあるのに、牛乳瓶が空っぽだなんて不自然だわ。床のうえの染みは血じゃなくて、今朝、水が零《こぼ》れた跡よ！」

私はぽかんとする。

そうだ、かんたんなことを見すごしていた。

染みは花瓶置き場の近くにあった。牛乳瓶が倒れて、中の水がそっくり零れた可能性は存在する。なにせ、他の花束にもちゃんと根元に濡れたガーゼが巻いてあったのだ。ここにだけ、水がないのは不自然だ。

だが、なぜそのことを、千里少年は言わなかったのだろう？

首を傾げる私の前で、ご主人様は続けられた。

「千里君は、猫を殺してなんかいないわ！」

「そんな馬鹿な。さきほど、千里少年は自白をしました。ソレに殺していないのならば、裏庭にはなにが埋まっているとおっしゃるのですか？」

私は言う。殺しているかいないかは、裏庭を掘れば判明するだろう。だが、ご主人様はそこで首を横にお振りになった。とても悲しそうに、彼女は言う。

「裏庭には、きっとアコちゃんが埋まっているわ」

「それならば……」

「でも、千里君は殺してなんかいない」

二階を見あげ、ご主人様は力強くうなずかれた。

その声がわずかに聞こえていたのだろう。千里少年は恐る恐る降りてきた。話についていけていないのか、優嬢は目を白黒させている。

そこで、ご主人様は歩きだした。彼女は牛乳瓶のそばに落ちた、チューリップの花弁を摘まれる。そして、優しい声でおっしゃられた。

「千里君、これは不幸な事故だったのよ」

そこで、私もハッとした。

牛乳瓶に活《い》けられているチューリップは、二本ともが蕾だ。

それなのに、何故、花弁が一枚落ちているのだろう。

「つまり、……三本目があった」

私は呟く。このチューリップは、見事に咲いた一本に、まだ咲いていなかった二本を添えて、飾ったものではなかったのか。そして、そばには水の染み。一度、牛乳瓶は倒れている。咲いていたチューリップは始末されている。

それは何故か。

恐らく、誰かが『かじった』からだ。

つまり、猫は。

「チューリップはユリ科の植物……猫には毒。アコちゃんは夜のうちに、飾ってあった花をかじって……まだ小さくて弱っていたせいもあって中毒を起こして死んでしまった。それを先に来た千里君が見つけて、死骸《しがい》を裏庭に埋めて、チューリップを片づけたのね。あなた達は、チューリップが猫に毒だなんて知らなかった……まだ、二人とも小学生なんですもの。だから千里君、君が殺したわけじゃないのよ?」

ご主人様はおっしゃられる。思わず、私は低くうめいた。

チューリップは、優嬢の持ってきたものだ。

それを食べて、猫は死んでしまった。

つまり、千里少年は自分が殺したと主張することで、優嬢をかばっていたのだ。

あんのじょう、千里少年は泣くような声で呟いた。

「僕が早くに気づけばよかったんだ……花を猫が食べてしまうことがあるって。そうすれば、アコが死ぬこともなかった。優がチューリップを飾っていたからじゃない。僕が、アコを殺したんだ……全部、僕のせいなんだ」

「優しい子ね、千里君。でも、自分をそんなに責めちゃいけないわ」

ぼろぼろと、千里少年は泣く。その頬を撫でて、ご主人様は告げられた。

私は思う。小学生の二人は、今まで猫を飼ったことはなかった。猫と出会った一日で知識を手に入れることなど不可能だった。チューリップは元から飾ってあったものだった。

結果として、猫は死んでしまった。

それでも、これはたんに、誰も彼もがかわいそうな事故だった。

「私達は、アコちゃんの死から学ぶことしかできないの。だから、優ちゃんにもちゃんと言いましょう?」

ご主人様は優しく言い聞かせられる。

やがて、千里少年はこくりとうなずいた。

＊＊＊

真実を聞いて、優嬢は何度も泣いた。ごめんね、ごめんねと、彼女はアコに謝った。

そうして、私達は裏庭のお参りをした。千里少年の作ったアコの墓の前で、私達は手を合わせた。これから、二人は猫についてしっかりと学ぶという。それがいいと、ご主人様はうなずかれた。長々と手を合わせながら、私は思った。

またしても、完敗である。

今回の結末は悲しかった。

だが、ご主人様が人に絶望するような事態にはならなかった。

彼女は少年の隠そうとした結末を優しく暴《あば》き、二人にそっと真実を与えた。

その眩《まぶ》しさに、私は目が潰《つぶ》れるような思いがした。ああ、やはり、私はご主人様のことが大好きである。聖母を前に涙する信徒のごとく、私はその思いを新たにするのだった。

「ありがとう、お姉ちゃん……さようなら」

「ありがとうございました、お姉ちゃん……さようなら」

そう、二人は手を振った。

やはり、夜助お兄さんのことは無視している。

そうして、千里少年達と私達は別れた。

＊＊＊

外に出ると、すでに日は暮れていた。私達は、帰り道を急ぐ。

それにしてもと、私は思った。

本日、ご主人様は危なかった。私がいなければ、ご主人様は下手をすれば亡くなられていたことだろう。ご主人様が苦難に遭い、絶望されることを私は望んでいる。だが、ご主人様が危険な目に遭うことは喜ばしくない。

今後とも、しっかりとご主人様をお守りせねば。

そう、私は心に誓った。そのときだ。ご主人様がおっしゃられた。

「今日は夜助がいなかったら、大変なことになっていたわね」

「ご主人様をお守りできたのならば、なによりです」

「夜助」

「なんでしょうか？」

そっと、私はご主人様にうかがう。

ご主人様は顔を伏せられた。

そして恥じらいをふくんだ口調で、ご主人様はおっしゃられた。

「これからも、お前はずっと私のそばにいてね」

私は己の羽根をむしって天使になれないか、不可能なことを一週間ほど考えた。

第四章

ご主人様や　ああご主人様や　ご主人様や

ご主人様や
ああご主人様や
ご主人様や

夜助、心の俳句。

ご主人様への気持ちが突如としてあふれてきたので、俳句にしたためてみた次第である。

世の人間は『松島《まつしま》』よりも『ご主人様』のほうをこそ称えるべきだと、私は思う。

ちなみに決して、詠《よ》み手《て》である、狂歌師の田原坊《たわらぼう》氏へ喧嘩《けんか》を売っているわけではない。

また、『松島や』は松尾芭蕉《まつおばしょう》氏の作品と思われていたりもするが、それはまちがいであるむねをあわせて申し上げておこう。

さて、上記の『世間はもっとご主人様を称えろ問題』(今名づけた)と、我々の置かれている奇妙な状況には、実は微塵《みじん》も関《かか》わりがない。

ご主人様にお仕えして早数年、私とご主人様は指折りの奇妙な状況へと置かれていた。

現在、私達は孤立した館《やかた》の中にいる。

分厚いガラス窓の向こうがわでは、豪雨が降り続いていた。そうでなくとも、車はパンクさせられている。外界とは衛星電話でもなければ連絡がつかない。

そうした状況の中、我々以外にもこの場には複数の招待客が存在していた。

中には、不逞の輩が紛《まぎ》れているかもしれない。

いや、今回に限るのならば、確実に『いる』のだ。

我々の中に、人を殺そうとした犯人が交ざっている。

だが、それが誰かはわからない。

外界から、館は閉じられている。

クローズド・サークル。

そんな不吉な言葉が、先程から私の脳裏では点滅していた。

ああ、これほどまでに、ご主人様の『犯罪被災体質』にぴったりの状況があろうとは！

これから先なにが起き、どのような悲劇が生じるかはわからない。

だが、この夜助、身をていしてご主人様をお守りする覚悟である。それこそ招待客、皆殺しも辞さない。不逞の輩はお前じゃないか、などと言ってはいけない。ご主人様の安全の前では、誰も彼もが尊い犠牲である。

そもそも、何故、こんな状況になったのか。

事の始まりは、ある一通の奇妙な招待状が届いた日までさかのぼった――………。

＊＊＊

『作家デビュー三十周年の祝いに、宴《うたげ》を催すこととなった。つきましては、ぜひ、春風琴音嬢には我が館までご足労願いたい　佐近司《さこんじ》武光《たけみつ》』

そんな、無礼なようでちょっぴり丁寧な手紙をご主人様が受け取られたのは、一週間前の午後のことであった。これに対し、我々は非常に混乱した。

「夜助、このおかたのこと、ご存知？」

「さあ、……まったく存じあげませんね」

なぜならば、私にも、ご主人様にも、佐近司武光という名前に聞き覚えはなかったからである。知らない人から招待状が届いたら、普通はかなり怖い。

調べてみれば、佐近司武光氏は、遠い昔にハードボイルドミステリーが売れに売れまくった作家であった。人気シリーズ数作を書き上げたあとは筆を折り、あまりある印税で隠遁生活を送っているという話である。

知っている人は必ず知っている有名人らしい。

だが、我々にはまったく関係がないことであった。

また、そうでなくともご主人様は普段から招待という招待、お誘いというお誘いをお断わりしているかたでもあった。

ご主人様の『犯罪被災体質』にもとづくご判断であらせられる。

そのため、今回の見るからに怪しい招待状についても、当初は断わる以外の選択肢など存在すらしなかった。だが、そうもいかなくなったのである。

『生前のご両親とは親しくさせていただいておりました。思い出話をできれば幸いです』

そう、誘い文句が添えられていたからだ。

佐近司武光氏と生前のご両親がお知り合いだったことを、ご主人様はご存知なかった。

結果、ご主人様は宴への参加を決められたのである。

己の知らない、ご両親の旧友——もしかして、彼から自分の知らない心温まるおふたりの思い出を聞けるかもしれない。

その誘惑にご主人様は抗《あらが》いきることができなかったのだ。

ああ、この世の誰が、ご主人様を責められよう！

この夜助、ご主人様の胸のうちを想って小鳩《こばと》のような心臓が張り裂けそうである。失敬、小鳩のようなは嘘である。どちらかというと自分の心臓は、毛が生えているたぐいのハツだった。

参加のお返事をつづられたあと、ご主人様はふんわりとしたスカートのうえで、ぎゅっと小さな拳を固められた。そうして恐る恐るといった調子で囁かれたのだ。

「夜助、私といっしょに来てくれる？」

「ご主人様のお望みのままに。たとえ、地獄や天国の果てへでも」

この夜助、迷うことなく、そうお答えした。

不安を表情からぬぐい去って、ご主人様はにっこりとほほ笑まれた。

「ありがとう、夜助……でも、地獄や天国へ生きたまま行くのは難しそうね」

天国は『ミッションインポッシブル』だが、この夜助、地獄のほうであれば結構気軽に行けなくもない。まあ、帰りたい場所ではまったくもってないのだが。

この夜助のお家《うち》は、ご主人様のおそばのみである。地獄とはこっちから絶縁したのであった。実家よ、さらばと言いたい。

願わくば怪しい宴に参加の後も、ご主人様との生活に戻れますように。

そう望みながら、我々は指定された館へと旅だったのだが……。

想像以上に、そこは怪しい場所だったのだ。

＊＊＊

都心から公共交通機関を駆使して数時間。

指定された駅に着くと、そこには迎えの車が待っていた。田舎《いなか》駅にはそぐわないメルセデス・ベンツが、ダークスーツ姿の男性のそばに控《ひか》えている。事前に話を聞いていなければ、どこかの組長がお忍びで遊びに来ているものとでも思ったかもしれない。だが、我々に対し、初老の男性は品よく頭を下げた。

「春風琴音様と、そのお付きのかたですね。どうぞ、こちらへ」

さあさあどうぞどうぞ、どうもどうもと、我々は車に乗った。

それから、さらに数時間後。

我々がたどり着いたのは、山中にある豪邸だった。

辺鄙《へんぴ》すぎるため、土地代はたいしたことはなかろうが、ここまで人と資材を運ぶのは大変だったことだろう。そう聞いてみれば、元々は宗教法人の施設が建っており、建築用の平らな土地は最初から確保できていたとのことだった。ライフラインは井戸水やプロパンガスのボンベの配達、マイクロ水力発電などに頼っているらしい。

意外にも、不便はそれほどないようだった。

だが、と私は嫌な気分で曇った空を眺めた。どうにも雲行きが怪しい。一週間前から、この日は局地的な豪雨が予想されていた。普段は不便なき場所であろうとも、雨に降られればそれも一変するだろう。天気を把握のうえで、なお招待状をだしたのだとしたら、佐近司武光氏はそうとうな変わり者と言わざるをえない。

ゆるやかに、車は止まった。我々は立派な正面玄関に辿り着く。運転手兼執事だという――加山悟《かやまさとる》氏に扉を開けていただき、私とご主人様は邸内へと足を踏み入れた。

玄関からまっすぐに進むと、広間のドアがあった。

その向こう側には、既に大勢の人間がそろっていた。

女性二人に男性三人の視線が、私達に突き刺さる。

彼らは酒を手にしながらL字形のソファに座ってくつろいでいた。バーカウンターから好きな飲み物を受け取れるしくみになっているようだ。何名かはすでに酔っているように見える。このとき、私はなんとも嫌な予感を覚えた。

詳しくは聞かないで欲しいが、悪魔の勘というやつである。ご主人様が天使すぎて生きるのが辛《つら》いこと以外善人のことなど何もわからないが、私は悪人については目端《めはし》が利く。

その私が、今回に限ってハッキリと思ったのだ。

ここにいる人物達はロクなものではない、と。

そのとき、加山悟氏が囁いた。

「春風琴音様は、先に佐近司様にお会いいただけますか？　書斎でお待ちです」

宴を行うというのに、当の本人は招待客を放置して、ひき籠《こも》っているらしい。

ご主人様を一人で行かせてはならないと、私は直感的に判断した。

そのため、私は当然の顔をして、加山氏に案内されるご主人様の後についていった。加山氏はちょっと嫌そうな顔をしたが、知ったことではない。この夜助はご主人様の付属物である。気にしないでいただきたい。

広間から外に出ると、我々は二階への階段を昇った。

廊下の中ほど、書斎への扉を開くと、インクと紙の匂いがあふれだした。

室内の左右の壁には本棚が作りつけられ、中にはびっしりと本が詰められている。さらに、床にも大量の蔵書の山が生みだされていた。その奥には執務机があり、ノートパソコンが置かれている。そばにはプリンターと資料をまとめるラックがあった。

筆を折ったと聞いてはいるが、部屋の持ち主は今でも趣味の執筆は続けているようだ。

機能性を重視して選んだものと思われる、アーロンチェアの上には一人の男性が座っていた。彼は私達のほうを振り向いた。五十代と思われる、端整な顔がこちらを見つめる。

瞬間、私はなんだかゾッとした。

悪魔がゾッとするとは、いいこととは言いかねるだろう。だが、男性の顔に特筆すべきなにかがあったわけではない。その証拠に、彼のご主人様に向けられる瞳には、ただただ柔和な笑みがたたえられていた。

「春風琴音嬢だね。はじめまして、佐近司武光といいます。お父上とは大学の同期でね。回数こそ少ないが交流させてもらっていたんだ。元気にお育ちになって、なによりだよ」

「この度はお招きにあずかり光栄です。あの……よろしければ、父母の思い出話をお聞かせ願いたく思うのですが」

恐る恐るご主人様はおっしゃられた。この愛らしさ。世の天使どもは見習ったほうがいい。心の中で私がサイリウムを振っていると佐近司氏は突拍子もないことを言いだした。

「君は『犯罪被災体質』だね？」

「喝《か》――――――――――――――――――――――――――つっ！」

一声叫び、私は竹刀を振りかぶると、佐近司氏の頭でスイカ割りをした。

というのは、嘘である。

実際は叫んでいないし、スイカ割りもしていない。ただし、めちゃくちゃに殺気は放たせていただいた。

ご主人様の一番ナイーブな点を、いきなり聞くとはどういう了見か、この野郎。

というか、この男、なぜ、ご主人様の『犯罪被災体質』について知っていやがるのか。

疑問に思う私の前で、佐近司氏は、やや殺気にビビリながらも続けた。

「な、なんかそのお付きの人は怖いな！　いきなり失礼したが、君の事故や事件に遭う体質については、お父上から手紙で相談を受けていてね。何を隠そう、君の体質を『犯罪被災体質』と名づけたのは、私なんだよ」

思わぬ情報を得てしまった。

実は、私がお仕えし始めた際には、すでにご主人様は自身の体質のことをそう呼んでいたのだが、元はこの男から来ていたらしい。意外な真実である。

だが、そうなると別のことが問題になってくる。

『犯罪被災体質』を知っていて、この男は孤立した豪邸にご主人様を招いたのだ。

すごい度胸と言わざるをえない。

あるいは、もしや別の目的があってのことか。

そう、私は視線を凍らせる。その前で、佐近司武光氏はやはり柔和にほほ笑まれた。

「料理は相当なものを用意しますよ。今日の宴は存分に楽しんでいってください」

ご主人様はなにかを応えられようとする。

だが、佐近司武光氏はどこか不吉に先を続けたのだった。

「亡くなられた、お父上、お母上のぶんも、ね」

「喝────────────────────────つっ！」

心の中で、私は絶叫した。

佐近司氏には、だいぶひかれた目を向けられた。

＊＊＊

ご主人様は一階に戻られた。

そのまま、くつろぐ間もなく、すぐに夕食が始まった。

広いダイニングに、我々は案内される。長いテーブルに先に座って待っていると、ぞろぞろと招待客が現れた。やはり、皆、酔っているようだ。

佐近司氏は遅れてやって来た。

彼は主人の席に着く。そうして、全員を見回して、佐近司氏は口を開いた。

「この佐近司武光のデビュー三十周年の祝いに、集まってくれたことに礼を申し上げよう。皆、よく来てくれた。今日は存分にくつろいでいってください」

「ふん、なにがくつろいでいってください、よ」

不意に、一人の女性が鼻を鳴らした。

我々は彼女のほうを向く。

黒髪の派手めの美人だ。もっとも、ご主人様とくらべれば月とすっぽんではあるのだが。それもしかたがない。ご主人様は世界の美の集大成なので、他の女性と比較してはならないのである。これは日本の法律でも厳密に定められている事実だ。

「よく、捨てた女を招けるわね。アンタが何を考えてるのか、私にはわかんないわ」

「私の作品を愛してくれたあなたにならば、きっとこころよく祝ってもらえると思ったんだよ、美里《みさと》さん」

いきなり、テンプレ的にきなくさくなってきた。

この夜助、脳内で『火曜サスペンス劇場』のＢＧＭを鳴らし始める。

ふんっと、もう一度、美里という女性は鼻を鳴らした。再び、彼女は何かを言いつのろうとする。だが、その前に、もう一人の女性が彼女をなだめた。

「美里さん、やめておきなさい。あなたの品位が堕ちるだけですよ」

「あらー、流石《さすが》、前の奥様は言うことが違うわね。離婚のときいくら貰ったのかしら？」

美里嬢は嫌味ったらしく言う。夜助の脳内で、『火サス』のＢＧＭが強くなった。もう今にもプロローグは終了し、本編が始まりそうである。佐近司氏の前の奥様だという着物姿の女性はふんわりした輪郭《りんかく》の頰を若干ひき攣らせた。口元を押さえて、彼女は囁く。

「そういうことを言うから、品位が知れるというのです」

「でもさー、佐近司さんがわの不倫のせいで別れたのに招かれたら来るなんて、藍《あい》さん、もうお金を使いきっちゃったんじゃないの？　若い男に相当入れこんだって聞いてるけど」

びきっと、堪忍袋の緒が切れる音が聞こえた気がした。

勿論《もちろん》、幻聴である。だが、完全にそうとも言い切れない。

藍女史はもう完全にブチ切れた顔をなさっていた。おっとりした外見に反して、沸点に達するのがカップ麺《めん》なみに早い御仁である。ちなみに、私はご主人様に隠れて、夜にこっそりインスタント食品を味わっていることがあります。夜助、心の懺悔《ざんげ》。

「ハッハハッハッ、藍さんもそう怒りなさんな。物いりなら、僕が都合してあげてもいいよ。藍さんは、今でも十分に和風美人なわけだしね」

一人の男性がそう言ってウィンクをした。歳《とし》は佐近司氏より多少上くらいだろうか。日に焼けた、いかにも好色家といった見た目をしている。彼の言葉に藍女史は口を開いた。

だが、その前に、女史の隣に座った若者が言葉を発した。

「……それも佐近司先生の金だろう? 田代《たしろ》さんは、ずっと昔の盗作疑惑を持ちだしては、長年佐近司先生を脅迫し続けているって業界では有名だよ。今日もタダ酒を飲みたくて、どうせ無理を言って来たんだろう?」

「そうです。そんな人のお金を誰が頼りにするものですか」

若者に続いて、藍女史はそう言い放った。

『火サス』のテーマはいよいよ強くなった。

なんかもう本編をぶっ飛ばして、クライマックスの崖《がけ》際のシーンに突入しそうである。

夜助の脳内で、犯人の告白とかが始まってしまう。

田代氏は顔を真っ赤にして、怒鳴《どな》ろうとした。

だが、そこに三人目の男性が口を挟んだのである。

「そういう山城《やましろ》君こそ、佐近司先生の弟子との話だが、彼にボコボコに言われているだろう? そのうえ、この前、佐近司先生が三十年ぶりにだした記念短編でアイディアを盗られたって噂《うわさ》じゃないか。それなのに伝手《つて》を頼って、デビューをしたくて尻尾《しっぽ》を振り続けているとか。ハッ、その君が人をどうのこうの、笑わせてくれる」

「黒渕《くろぶち》さんこそ、現役時代は佐近司先生に追いつめられて精神を病んで退職したって聞いてるよ、元編集さん。なんで、ここにいるのかなー?」

若者——山城君は煽るように言った。黒渕氏は口元を歪める。

その間も、私達の前には皿が運ばれ、次々とコース料理が提供され続けていた。白インゲン豆のスープ。鰯《いわし》のカルパッチョ。オマール海老のロースト。子羊の鉄板焼き、などなどだ。だが、言わせてもらおう。

食欲がでない。この状況で食べるご飯は、まったく美味しくない。

ゆいいつ、ご主人様の顔面がキラキラとお美しいことが救いである。ご主人様のお顔を眺めていれば、ご飯百杯くらいは余裕で食べられます。ご主人様、イズ、存在自体が美味しい。ここはテストにでるので、がんばって覚えて帰ってもらいたい。

そこで、バンッと、黒渕氏がテーブルを叩いた。

「この若造が、不愉快だ!」

「不愉快なのはアンタのほうよ。大人しく座りなさいよ」

「そう言う美里さんだって……」

「若作りのババアが、さっきは人のことをよくも……」

「脅迫野郎が偉そうに……」

はい、左から山城君、田代氏、藍女史、美里嬢、黒渕氏になります。

言わせてもらおう。

全員、沸点が低い！

もう、これ以上なく低い。

いったいなんだ。我々はどういう茶番を見せられているのか。

思わず、私はそう天井をあおいだ。ご主人様ほどにふわっとした、美しい心を持てとは言わない。それができたら、天使になれるからだ。だからといって、今にも殺しあいが始まりそうな面々がこうも集わなくてもいいではないか！

さらに、問題がある。

ご主人様は『犯罪被災体質』である。ご主人様の存在は、時に、そばにいる人間の犯罪性を誘発してしまうことさえある。ゆえに、こんな連中の中にご主人様がいらっしゃることは、それだけでもうひとつの大事件であった。

私は思う。

なにかが起こる。

このままでは、確実になにかが起こる。

場の争いは紛糾していく。ワイングラスの中身がぶちまけられないのが不思議である。

あっ、山城君が、田代氏にかけた。

そんな中、私には不気味でしかたがないことがあった。

すべての問題の中心となっているのは佐近司氏だ。ここにいる誰もが、発言の際、彼にいっさいの配慮をしていない。むしろ糾弾するかのごとく、その罪を口にし続けている。

だが、争いの渦中にあっても、佐近司氏はほほ笑んでいるのであった。

まるで、目に入るすべてが愛しくて仕方がないとでもいうかのように……。

＊＊＊

「なんだか、凄かったわね」

「強烈なかたがたでしたね」

与えられた個室で、私とご主人様はそう、言葉を交《か》わした。

窓の外では、雨がどんどん強くなっている。

このままでは山道が崩れ、館が孤立しないか、不安になるレベルである。しかも、スマホを試しにつけてみたところ、圏外と表示された。色々と不安になる状況である。宴に呼ばれたはずが、罰ゲームに放りこまれた感じすらある。しかも、集まっているのは罰ゲームにしても笑えない人選だ。

同様に不安を覚えられたらしい。ぎゅっと、ご主人様は唇を噛みしめられた。

「ここで、私のせいで何かが起こってしまったらどうしましょう」

「悲劇は起きるときには起きるものです。ご主人様が気に病まれることではないかと」

そう応えながら、私にもこの言葉が気休めにすぎないとわかっていた。

ご主人様や

ああご主人様や

ご主人様や

ご主人様は心優しいおかたである。そうでなければ、私も誠心誠意お仕えなどはしていない。そんなご主人様であるからこそ、この状況で何かが起これば心を痛められるに違いなかった。まあ、それこそが私の望みでもあるのだが。

ご主人様には人間に絶望して、スパッと世の中を諦めていただきたい。そうして、天使となる道を自身でも知らぬままに断っていただきたいのである。だが、ご主人様の心が痛めば、この夜助も悲しくはなる。

あと、ご主人様の御身が心配であった。

男女ということで、ご主人様と私には別々の部屋が設けられている。だが、このような状況で、ご主人様をお一人にすることはできない。ご主人様にお断りのうえ、私は椅子に座って、寝ずの番をすることとした。この夜助、悪魔であるため、徹夜くらいはなんのそのである。ちょっとうっかり羽根を出しさえしなければ、問題はない。

「というわけで、ご主人様は安心してお休みください」

「そんな……夜助、お前は休まなくて本当にいいの?」

「当然です。ご主人様の身の安全をお守りすることこそ執事の務めですから」

そう言って、私はご主人様をふかふかのベッドのうえにいざなわせていただいた。

今日はお疲れになったはずだ。ゆっくりとお休みになっていただきたい。

すると、ご主人様はまるで無邪気な子供のように口元を布団で隠された。

小さく、ご主人様は囁かれる。

「夜助、あなたさえよかったら、隣で寝てもいいのよ?」

羽根がめっちゃ出た。

見咎《みとが》められる前に、私は慌ててそれをしまった。

＊＊＊

朝が来た。

希望の朝ではない。

何せ、ザーザー雨が降っている。

豪雨はいまだに続いていた。夜どおし雷まで鳴っていたほどである。この轟音《ごうおん》の中、ご主人様が無事にお休みになられたことだけは幸いといえた。

「おはよう、夜助」

「おはようございます、ご主人様。よくお眠りになられたようでなによりでございます。本日は、ご主人様のあまりの美しさに天が涙を流し続けているようですね」

「まあまあ、うふふ」

そんなこんなで我々が一階に降りると、執事の加山氏が朝食の準備をしていた。我々に気がつくと、加山氏はほほ笑んで頭を下げた。

「おはようございます、よい朝ですね」

よい朝ではまったくない。あいさつの下手な御仁である。

それにしても、なぜ、彼がバターとパンを並べているのか。

「料理人とメイドのかたがたはどうなさったのですか？」

「彼らは通いでして、雨がひどくなることを見越して、昨日のうちにご主人様が山から下りさせました。今日の天気を見るかぎり、正解だったようですね」

あら、と私は思った。

一応、招待客が帰るまで宴は続いているはずなのだが、実にいい加減な話である。だが、加山氏には料理の心得があるとのことで、朝食は立派なものがだされた。ほどよくとろけたスクランブルエッグを掬《すく》いながら、私は同じ執事として親近感を覚えるのであった。

やがて、朝食の席には全員がそろった。

バラバラに集まった招待客達は、皆、二日酔いの顔をしている。

晩餐《ばんさん》の後、我々は祝う気分でもなく解散して、個別に部屋へ入ったのだが、それから先も飲み続けた人間が多かったのだろう。

特に、美里嬢と山城君はひどい有様《ありさま》であった。

「あー、頭痛い。加山さん、なにかすっきりする飲み物をちょうだい」

「よく冷えた白ブドウジュースがございますよ」

「それでいいわ、ありがとう……あなたみたいに優秀な人が、よく佐近司さんのもとについてるわね。もっといい働き口がありそうなものなのに」

「私は一度お仕えしたご主人様のためならば、なんでもするのが信条の人間です。ご主人様のことを悪く言われるのは、どうかお控えくださいませ」

加山氏はそう頭を下げた。

ますます、この夜助共感してしまう。心の友と呼んでもいい。

美里嬢は肩をすくめ、よく冷えたグラスを受けとった。喉を鳴らして、彼女はそれを飲み干す。

山城君は、なんだか視点がよく定まっていなかった。さっきから、彼はグラスを受けとりそこねたり、こぼしたりまでしている。田代氏が、眉根を寄せて苦言をていした。

「おい、大丈夫か。君、さすがに飲みすぎだぞ」

「……そういうわけじゃ、ないんですけどね」

やがて、全員は朝食を食べ終えた。

そこで、山城君がなにごとか口を開きかけた。

だが、その前に、美里嬢が高い声をあげたのである。

「佐近司さんがいないわ！」

ゆっくりと、我々は顔を見あわせた。何を隠そう、我々を除く、ここにいる全員が佐近司氏に怨みがある。そうして、昨晩の騒動の後、当の佐近司氏が姿を見せていない。

これは我々に、否応《いやおう》なく不吉な連想をさせた。

まるで代表のように、ご主人様が尋ねられる。

「加山さん、佐近司さんはどうなされたのかしら？」

「おそらく、書斎にいらっしゃると思うのですが……」

加山氏は答えた。佐近司氏は起きた後、ちょっとしたメモを取るつもりが、そのまま書斎にこもることが間々あるという。だが、招待客がいる今、それに夢中になっているのはいささかおかしい気がした。同じことを考えたのか、山城君が手を挙げる。

「さすがに、今日という日まで我を忘れておられるというのは、先生にしてはおかしな気がします」

そこで、山城君は何かを迷うそぶりをした後、口を閉じた。師の様子がおかしいとわかっているのに進んで確かめに行く気はないらしい。

焦《じ》れたように、美里嬢が立ちあがった。

「私、確かめに行くわ」

「私も行きますよ」

美里嬢と藍女史が張りあうように言う。君は行かないのか、そんなに言うなら行きますよ、どうぞどうぞというわけで、結局、その場にいる全員で見に行くこととなった。

加山氏を筆頭に、我々は書斎へ向かう。だが、ドアには鍵がかかっていた。

首を傾げながら、加山氏がノックをくり返す。

「ご主人様、ご主人様、聞こえていらっしゃいますか？　……失礼しますよ」

加山氏は屋敷のマスターキーを取りだした。どうやら、常に携帯しているものらしい。

それで、彼は書斎のドアを開けた。

同時に、ゴッと雨と風が吹きつけてきた。我々は息を吞んだ。いや、あるいは予感していた光景に、ああ、やはりと心の中で頷いたような気もする。

窓は割られていた。室内には雨が吹きこみ、ガラスがあたり中に細かく飛び散っている。ノートパソコンは破壊されていた。問題は、その前に広がる光景だ。

そこには、額を真っ赤に染めた、佐近司氏が倒れていたのである。

＊＊＊

佐近司氏は、救急救命の心得があるという加山氏の治療で一命を取りとめた。

何者かの手によって、彼は頭を強打されたらしい。

我々があたふたしている間に、加山氏は佐近司氏を私室へ移動させた。誰に殴られたのか聞きたいところだが、今は証言を聞ける状態ではないという。

その後、我々は警察に連絡をしようとした。

だが、スマホは繋がらず、邸内の衛星電話は破壊されていることが発見された。さらに、送迎用のベンツはパンクさせられ、予備のタイヤも全滅させられていた。そうでなくとも、この豪雨の中、外に出ることは危険だろう。

我々は完全に孤立させられていた。

かくして、事態は最初に巻き戻る。

このままではどうなるかわからない。

我々の中に、人を殺そうとした犯人がいる。

それが誰かも不明のままだ。

外界から、館は閉ざされている。

クローズド・サークル。

その不吉な言葉を、私はもう一度脳内で転がした。

ああ、これから先、何が起こり、どのような悲劇が生じるのだろうか！

我々の中に隠れた不逞の輩、それはいったい誰なのであろうか！

彼、あるいは彼女が、ご主人様に魔の手を伸ばす前に、私は悪魔的解決法をなさなくてはならなかった。そうとも。私なりの方法で、悪漢を断罪するのだ。

それで、ご主人様に人間に絶望していただければ一石二鳥である。

私は決意を新たにした。

というわけで、いい加減長いので、話はいったんここで区切りとさせてもらいたい。

すべては次章に続くのである！

第五章
ご主人様に呼ばれたので、私はクラウチングスタートで駆けつけた

自分で言っておいてなんだが、次章とはなんだろう。

現実とは、常に絶え間なく続くものである。章などない。だが、さきほどの私はそう言いたい気分だったのである。まちがいなく、『火サス』がCMで分けられている影響だ。

はてさて、警察が来られない以上、我々は身を守らなくてはならない。

現在、我々は与えられた個室に各自閉じこもっている。だが、ここも安全とは言えなかった。加山氏はマスターキーを持っている。また、佐近司氏も同じ鍵を持っていたのだ。

あんのじょう、それは犯人によって抜きとられていた。

つまり、起きたであろう出来事を言葉にするのならばこうなる。

昨夜、犯人は佐近司氏によって書斎へ招き入れられた。そして隙《すき》を見て、彼を殴った。その後、犯人は佐近司氏のマスターキーを抜きとり、鍵をかけて部屋を去ったのだ……。

今更、持ち物検査などをしても、鍵は出てこないだろう。だが、その思いこみを突いて、犯人はいまだに鍵を所有しており、惨劇の屋敷にいあわせた人間の皆殺しを図る可能性もないとは言いきれなかった。

何か身を守るものが必要だ。

望み薄だが、私は試しに書き物机の引き出しを開けてみた。

「――――ん、これは？」

中にはペーパーナイフが入っていた。

洒落《しゃれ》た金の鞘《さや》にしまわれた美しい逸品である。私はそれを取りだしてみた。

通常、ペーパーナイフには武器になるほどの切れ味はない。だが、と私は目を細めた。

このペーパーナイフはやや鋭すぎる。刺突武器としては十分役に立ちそうだ。

それを、私はシャツに隠す形でベルトに挟んだ。

さて、と私は引き出しを閉める。

次はどうするかだが……。

「ねえ、夜助」

「はい、ご主人様」

ご主人様に呼ばれたので、私はクラウチングスタートで駆けつけた。いつでも、全力ダッシュの夜助である。

私が瞬時にたどり着くと、ご主人様は不安そうな顔でおっしゃられた。

「これから、私達はどうなるのかしら。ひどいことにはならないと思うけれども……」

「そうならないとよろしいのですがね。この夜助、何があろうとご主人様を全力でお守りします。それこそ、不逞の輩がどのような手を使おうとも」

「えっ？　夜助、あのね……」

ご主人様がなにかをおっしゃられかけたときだ。

トントンと、扉がノックされた。

警戒しながら、私は応対する。扉を薄く開くと、そこには加山氏が何やら思いつめた顔で控えていた。真剣な、有無を言わせない口調で、彼は我々に対しての要求を口にする。

「春風様、夜助様、広間にお集まりください。警察に頼れない以上、我々は我々の手で、犯人を捕まえなくてはなりません。ご主人様を傷つけた者を野放しにはできませんので……

んん、なんとも嫌な予感のする、一言である。

こうした状況下で、私刑を匂わせる言葉が吐かれるとは。予言しよう、大抵ロクなことにならない。だが、逆《さか》らうことはできなかった。

私とご主人様はおとなしく部屋を出て、広間に向かう。

なぜならば、加山氏が水平二連式の猟銃を手にしていたからである。

＊＊＊

猟銃は、恐らく佐近司氏が狩猟の許可を取って所有していたものであろう。そうしてマスターキーを持つ加山氏は、勝手にそれを取りだしたのだ。

かくして、我々は広間へ強制的に集められた。

だが、と私は宙をあおぐ。

我々を集めたところでなんになろう。

我々の中に、犯人はいようとも探偵はいないのだ。

それを無理やりに集めたところで、答えなどでるまい！

同時に、私はこうも思った。それでは、加山氏は納得などしないだろう。

しかたがない。ここは、私が悪魔的解決法を導きだすしかあるまい。

そう覚悟を決めて、私はL字形のソファに座った。

狂気的な目をして、加山氏は尋ねる。

「まず、皆さんに聞いておきたいことがあります。昨夜、アリバイをお持ちのかたはいらっしゃいますか？」

「私は夜助といっしょにいました」

「申しわけありませんが、お付きの方の証言はアリバイにはなりません」

ご主人様の訴えを、加山氏は首を横に振って一蹴《いっしゅう》した。無理もないだろう。私でもそう思う。だが、と、私は口を開いた。

「私達が犯人である可能性は低いと思いますよ。佐近司氏のパソコンは破壊されていました。恐らく、中に犯人にとって都合の悪いデータがあったのだと思います。私達と佐近司氏は昨日、初めて会いました。その前の交流が皆無であったことはご存知でしょう。佐近司氏が探偵か何かを雇って、ご主人様の弱みを握っていたのだとしても、それならばお付きの私は連れてこないよう、あらかじめ招待状に書いておくと思います」

私が言うと、ふむと加山氏は口元を押さえた。一理あるという風に、彼は頷く。

「確かに、ご主人様からお二人のことはなにもうかがっておりません。あなたは顔はいいものの、目は妙に夢見がちな青年だと思っておりましたが、なかなか頭がキレますな」

失礼ことを言われた。誰が万年、頭の中がお花畑か。確かに、ご主人様のことを見つめすぎて、目が常にウルウルしている自信はあるが、余計なお世話である。

すると、美里嬢が甲高《かんだか》い声をあげた。

「じゃあ、私だって関係ないわよ！　私は佐近司さんに一方的に捨てられたのよ！　私が彼を脅迫するのならともかく、彼から脅迫されるような弱みなんてないわ！」

「美里様、他、皆様方はご主人様に怨みのあるかたがたです。それでうっかり、ご主人様に法に触れるような脅迫をして、データを破壊した……という可能性は捨てきれません」

「じゃあ、なぜ、あの人はそんな危ない人間を宴に招いたのでしょう？」

これは藍女史の言葉である。もっともな指摘だ。

それに、加山氏は淡々と応えた。

「ご主人様は、スリルを楽しまれるところのあるお人でしたから……」

ロクな主人ではない。転職をオススメする。

やはり、人間、真にご主人様にふさわしいかた以外にお仕えすると、ちょっとおかしくなりますね。夜助、心の友宣言、大撤回である。

私のそんな思いを知ってか知らずか（十中八九知らないと思うというか、知っていたらエスパーである）加山氏は猟銃を手に全員を見回した。

そうして、彼は厳しい声で告げた。

「この中に犯人がいるのでしたら、すみやかに名乗りでてください。さもなければ……」

「さもなければ？」

「私は全員を撃つことになります」

沸点が低い！

この人も沸点が低い！

私は天井をあおいだ。ああ、これもご主人様の『犯罪被災体質』に招かれた結果であろうか。同時に私は確信する。絶対、ここにいる人々は深刻なカルシウム不足であると。

「とんでもない！　僕は犯人じゃないんだ！　いい加減にしてくれ」

「敵討ちなんて！　現実はミステリー小説じゃないんですよ。いい加減にしてください」

田代氏と、山城君がうなるように言う。

さて、と私は考えを整え終えた。

本当の犯人を見つける必要性はない。

ようは、それっぽい生贄《いけにえ》を準備すればいいのだ。

それこそが悪魔の解答である。

そのために、私は口を開いた。

「ひとつ、疑問があります」

さて、探偵の真似事《まねごと》を始めなければならない。

＊＊＊

「犯人は佐近司氏を殴り、パソコンを破壊、外に出て、発覚を遅らせるためにマスターキーで鍵をかけた。ここまではいいでしょう。ですが、ひとつ大きな疑問があります」

「なんでしょうか？」

「なぜ、窓が割られていたんでしょう?」

そう、その点はこの事件における最たる謎だった。

扉を開いたとき、窓は割られ、室内はズブ濡《ぬ》れになっていた。おそらく、ガラスを割る音は雷の轟音にまぎれ、誰にも聞こえなかったのだろう。だが、小さくない音がしたはずだ。犯人にとって、それでも窓を割ることにどんな意味、メリットがあったというのか。

さらに、不審な点はもうひとつある。

「ガラスはあたり中に細かく飛び散っていました。ただ、一ヵ所を割っただけでは、ああはならないでしょう。犯人はガラスをわざわざ踏み割っていったのです」

「それは……なんのために、でしょうか?」

藍女史が尋ねる。私には、ひとつ目星がついていた。

それが本当か否かはどうでもいい。要はそれっぽく聞こえるかどうかである。

そうして、私は答えを吐《は》きだした。

「木を隠すなら森の中。ガラスを隠すならガラスの中」

そう、朝から、彼のおかしさについては気になっていたのだ。

まっすぐに、私は山城君を指さす。

「コンタクトレンズを、犯人は現場に落としてしまったのですよ」

＊＊＊

朝から、山城君はふらふらしていた。なんだか、彼は視点がよく定まっていなかった。

何度も、グラスを受けとりそこねもした。

さらに、山城君は田代氏の苦言に対して、ある返しをしたのだ。

『おい、大丈夫か。君、さすがに飲みすぎだぞ』

『……そういうわけじゃ、ないんですけどね』

彼は二日酔いだったわけではない。

それならば、なんだったのか。

また、彼は佐近司氏がいないとわかった後、おかしいと意見をしながらも、進んで確認に行くことを避けた。これは、書斎の惨状を知っていたのもあるが、自分が先頭に立ち、ふらつくさまを見咎められたくなかったためだろう。

そう考えれば、すべての違和感に説明がつく。

彼がパソコンを壊した理由も想像ができた。恐らく、山城君は佐近司氏に第二の盗作をされたのだ。それを知った彼は、ついに我慢ができなくなり、佐近司氏を殴打、パソコンを破壊し、作品をなきものとしたのであろう。悲しい話であった。

私のこの予測に、加山氏はすばやく反応した。

「山城さん、あなたが……」

「ち、違う。僕は」

ずんずんと、加山氏は山城君に迫る。彼の額に、加山氏は猟銃を突きつけた。

はてさて、これからどうなるだろう。

普通に引き金がひかれてもいいが、それではやや面白くない。

私は悪魔的解決法を模索し始めた。

＊＊＊

そっと、私はL字形のソファから立ちあがった。

探偵役を務めた私の行動に、制止の声がかけられることはない。そのまま、私は山城君の隣に行った。ぽんと、その肩に手を置く。

自白を促《うなが》すふりをして、私は山城君の耳元に口を寄せた。

「このままだと殺されてしまいますよ。いいんですか？　行動に移らなくて」

「こ、行動？」

「あなたも、どうせ隠し持っているのでしょう？」

私の言葉に、山城君はハッと顔をこわばらせた。私はうなずく。

私達の部屋にあったペーパーナイフ。あれは、一室だけに置かれていたものではないだろう。客室用の備品として、おそらく、同じものが全部屋にあったはずだ。そうして、誰も彼もが身を守る術《すべ》を必要としていた。

山城君が、アレを持ちだしていてもおかしくはない。

私の考えどおりに、そっと、彼は背中のベルトに挟んでいるものに触れた。

そうして、覚悟を決めた調子で、山城君は加山氏に言った。

「待ってくれ、話を聞いてくれ、僕は……」

「声が小さいですね？　もっとはっきりとしゃべってもらえませんか？」

そう言いながら、加山氏は猟銃を構えたまま、山城君に顔を寄せる。

瞬間、山城君が動いた。このまま殺されるならと、彼は思いきった行動にでたのだ。

「ええいっ！」

目の前の猟銃を腕で払いのけ、山城君はペーパーナイフを突きだした。

加山氏の喉に、彼はそれを突き刺す。

ずぶり、と刃は加山氏の肌を貫《つらぬ》き、肉に埋まった。やはり、刺突武器としての効果はあったのだ。山城君がペーパーナイフを抜くと、血があたりに飛び散った。

美里嬢と藍女史が悲鳴をあげる。

震えながら、加山氏は喉を押さえた。だが、やがて血泡《ちあわ》を吹きながら倒れ伏した。

しばらく、山城君はぼうぜんとしていた。彼は首を横に振る。

震える腕で猟銃をつかむと、山城君は叫んだ。

「こうなったら自棄《やけ》だ！　この殺人を見た奴は全員殺してやる！」

山城君は、我々に銃口を向ける。

瞬間、私はすばやく動いた。

とうっと、山城君の首筋に手刀を喰《く》らわせる。

上手いこと、山城君は崩れ落ちた。ふふふふ、この夜助、腕は衰えていない。人間一人、なんのそのである。自分の仕事に満足しながら、私はあたりを見回した。

室内には血が飛び散り、凄惨《せいさん》な死体が落ちている。

私はご主人様のほうへ視線を向ける。

ガタガタと震えながら、ご主人様はおっしゃられた。

「ああ、夜助！　人間って恐ろしいわ！　私を守ってくれるのは世界中でお前だけよ！」

これぞ、待ちに待っていたお言葉――。

私は天井をあおぎ、己を祝福する幻の鐘の音を聞いた。

＊＊＊

以上が、毎度おなじみ、夜助の妄想である。

はい、悪魔的には清く正しい妄想です。実行には移していない。毎回、行動が遅いのは、我ながらお茶目な点だなと思う。だが、今回ばかりは実際に動くことになるだろう。

そう、私が予想したときだった。

「ちょっと待って、加山さん！」

ご主人様が声をあげられた。

ああ、ですが、ご主人様。今、なにかを口にされても火に油ですよ。

そう思う私の前で、ご主人様はおっしゃられた。

「何故、あなたは空の銃を構えているの？」

「えっ？」

「だって、これはただ皆を驚かせるためだけにやっていることでしょう？」

突然、ご主人様は突拍子もないことを口にされた。

招待客の中で、そのお言葉の意味を理解できた者は誰もいない。

ただ、我々はぼうぜんとする。

その前で、ご主人様はリズミカルに続けられた。

「だって、傷ついた人なんて一人もいないわ！」

かくして、ご主人様の天使的解決法が炸裂した。

今や探偵役はご主人様に移り――真実は明らかにされていくのである。

＊＊＊

「まず、山城君が犯人だと考えると、おかしな点があるわ！」

そう、ご主人様は宣言された。突然の言葉に、加山氏も銃口を下げている。

泣き出しそうな山城君を指さして、ご主人様は続けられた。

「山城君は『飲みすぎだぞ』と言われたとき『そういうわけじゃない』と答えたわ。山城君が犯人だとしたら『飲みすぎた』と認めたほうが絶対いいはず！　この時点で、もうおかしいわ」

「ああ、……確かに」

そう、田代氏がうなずいた。私もああと思う。確かに、犯人らしくない行動だ。だが、うっかりということもありえるのではないか。そう思う私の前で、ご主人様は続けられた。

「その会話の後に、山城君は何かを言おうとしていたわ。アレはコンタクトレンズが自分の知らないうちになくなったことを訴えようとしていたのではなくって？」

「実は、そうなんだ……僕は薬を飲むから、夜は深く眠る。そうして、朝になったらコンタクトレンズがケースごとなくなっていたんだ……だから、誰かが夜にこっそり忍び込んで、嫌がらせに盗っていったのかと思って」

山城君は答える。そういえば、確かにあのとき、山城君は何かを言おうとして、美里嬢にさえぎられていた。だが、言い訳に聞こえなくもない。

しかし、ご主人様はさらに続けられた。

「それに、山城君が犯人だとして、コ、ン、タ、ク、ト、レ、ン、ズ、を両方とも現場に落とす、なんてありえるのかしら？」

ご主人様の指摘に、私は言葉を失った。確かに、片方ならばうっかりはありえるだろう。だが、両方ともとなるとどんな確率なのだろうか。だが、と私は腕組みをする。

それならば、佐近司氏を傷つけたのは誰なのだろうか。

いや、それ以前に。

ご主人様の口にされた、『傷ついた人なんて一人もいない』とはどういう意味だろう。

佐近司氏は重傷を負わされたはずなのに。

ふわりとスカートを揺らして、ご主人様は加山氏に向き直られた。

「あなたは救急救命の心得がある。それなのに、頭部を強打されて重傷な人を、誰の手も借りないで一人で個室まで運んだの？　大切なご主人様なのに？」

「あっ」

私は口を開いた。確かに、それはおかしい。

惨劇を前に慌てていたので、すべての対応を任せてしまったが、普通は不可能な行為であった。だが、と、私は思う。それならば、加山氏が犯人ということはないだろうか？

犯人であるがゆえに、彼は佐近司氏を雑に扱ったのである。

だが、ご主人様は先を続けられた。

「あなたが犯人だとしたら、こんな風に犯人当てをしてみせる意味なんてないわ。それに、あの部屋が水だらけにされていた理由は、零れた血が、血糊《ちのり》だと、万が一にも私達にバレないようにするためだと思ったの。招待客がいるというのに、メイドさんや料理人を帰しておいたのも不自然よ。まるで、なにかが起こるのがわかっていたかのよう。それなら、きっと怪我した人なんてどこにもいないわ」

すうっと、ご主人様は息を吸いこまれた。

そうして、彼女はきりっとした瞳でおっしゃられた。

「全ては、佐近司さんの自作自演。そうなのでしょう?」

しばらく、加山氏は黙ったままだった。だが、不意に、彼は猟銃を二つに折った。中を見て、我々はあぜんとした。薬室は空だ。弾丸は入れられていない。

力が抜けたのか、山城君はへなへなとその場に崩れ落ちた。

彼に向けて、加山氏は深く頭を下げた。

「失礼をしました。コンタクトレンズは、昨夜のうちに私が盗ませていただきました。どなたか一人、犯人と目星のつけやすい人間がいたほうが『盛りあがるだろう』とのご主人様のおおせでしたから」

「つまり、僕は犯人候補にしたてあげられたわけですか。だからって、いったいどうして僕を……」

「最近、あなたの言動が生意気なので灸《きゅう》をすえたいとご主人様はおっしゃっていました」

性格が悪い。

もう一度言おう、性格が悪い。

やはり、仕えるべきご主人様とは思えない。

深々と、加山氏は改めて頭を下げた。そうして、彼は私達に向けて宣言した。

「これは、ご主人様デビュー三十周年の催し。他でもない、ご主人様の楽しみでありました。ですが、これほど早々に真実を言い当てられる方がいらっしゃるとは思いもよりませんでした。謹んで、驚かせたこと、お詫《わ》びを申しあげます」

「やっぱり、そうだったのね」

ほほ笑んで、ご主人様は手を叩かれた。目を閉じ、私は天井をあおぐ。

完敗、である。

またしても夜助バッターアウト。ご主人様の大勝利であった。

やはり、勝利の天使はご主人様にだけほほ笑まれるのである。なんとも悔しく、また悲しい事実であった。だが、そんなご主人様が、私は誇らしくもあった。

ご主人様はとても強くなられた。こうして、彼女は起こりかけた惨劇の芽を、自ら摘む力を身につけられたのである。夜助、心の底から、アイ・ラブ・ユーである。

だが、今回は、気になることがあった。

「あの……加山氏。このペーパーナイフについてはご存知ですか？」

「ペーパーナイフ……はて、……いえ、存じあげませんが」

私からペーパーナイフを受けとり、加山氏は不思議そうな顔をした。

やたらと鋭い先端を眺めながら、彼は眉根を寄せる。

「これはおかしいですな。こんな物騒な備品は当家には置いていないはずですが」

そうだろうともと、私は思う。パンクさせられていたタイヤ。壊された衛星電話。破壊されたノートパソコン。割られた窓。

どれもこれも、悪ふざけにしてはやりすぎ、である。

この夜助、悪魔ゆえに考えるのである。

あの佐近司氏は、嘘の脅しをしている最中に加山氏が返り討ちにあい、騒ぎが『殺しあい』に発展することを望んでいたのではないかと――……。

だが、それも佐近司氏に直接聞けばわかることだろう。我々、招待客は怒りを抱いて、個室で休んでいるという佐近司氏を訪れた。だが、なんということだろう。

彼は行方をくらませていた。

どうやら隠していた無事なタイヤがあったらしい。

メルセデス・ベンツも車庫から消えていた。雨があがるのを待ち、我々が自力で下山した後も、彼は館に戻らなかったと聞く。

この夜助、何かが始まったような、始まらないような――……。

そんな、ゾッとする予感を覚えたのであった。


それはそれとして。

ご主人様は、今日も尊い。

第五・五章

ご主人様の目が澄んでいたので、夜助は自害を決意した

佐近司氏は行方をくらませた。

ただ気《き》まぐれでいなくなったのであればそれでよい。

だが、この夜助、なんとなく嫌な予感を覚えている。今やご主人様の執事という立場ではあるものの、この夜助は悪魔なのだ。

その私の勘が告げているのである。

このまま、終わるはずがない、と。

だが、不穏な要素を孕《はら》んだままでも日々は穏やかにすぎていく。ご主人様はかわいらしく、愛らしく、今日も天使です。

そして、そんな日々の中、我々はちょっとした問題に直面した。

大勢のかたが、そんなことはどうでもいいから本題に移れと思われていることだろう。しかし、日々のささいな欠片こそ、私とご主人様の大切な記憶である。ご主人様とすごした一分一秒、毎日の出来事こそが、私からすれば他と比較しがたく重要なものなのだ。

というわけで、ここは私の日常に、しばしおつきあいいただきたい。

つまり、箸休めである。

＊＊＊

その日、私は夜中にカッと目を覚ました。

理由はひとつ。お腹《なか》が空いたからである。

前にさりげなくお話をしたと思うが、この私はご主人様に隠れて、夜にこっそりインスタント食品を味わっていることがあります。夜助、心の懺悔。

この日も、私はそっと寝台を抜けだした。

そうして、暗い廊下をこそこそと歩いた。

やがて、ドイツ製の、人造大理石もふんだんに用いた、システムキッチンに辿り着いた。

そこで、私は普段ご主人様の触られない棚をごそごそと漁《あさ》り始めた。中にはこっそり、『夜助の夜食スペシャル』をしまってある。カップラーメンから、お湯を注いで三分の乾燥リゾットまで、なんでもござれだ。

システムキッチンへの入り口はふたつある。

そのうちのひとつは、私の視界に入っていた。もうひとつは暗がりの中に沈んでいる。

だが、日頃、ご主人様は朝までぐっすりお眠りになられるので、見つかる心配はないに等しい。私はご主人様がベッドにお入りになるまで、毎夜見守らせていただいている。それからおやすみなさいませを申しあげて寝室を後にするのだが、横になられた途端、ご主人様は秒ですやすやと寝息をたてられる。まるで眠り姫のようですね。チューしたい。

そうでなくとも、ご主人様の足音を私は絶対に聞き逃さないので、もしもいらっしゃれば一瞬でわかる。

そう、ご主人様に目撃をされる危険性は……。

「夜助、何をしているの？」

「なんでやねん！」

思わず、謎の関西人が爆誕した。

えええええっと、私は混乱する。

だが、何度見ても、ご主人様はまちがいなくそこにいらっしゃった。白く、ふわりとしたお姫様のようなネグリジェ姿で、ご主人様はぽやっとお立ちになっている。

どういうことなのだ。

いったい、なにが起こった。

そう、私は何度か首を左右に振った。

なぜって、どう考えてもおかしいのだ。

システムキッチンへの入り口はふたつある。

ひとつは、私の視界にずっと入っていたので、誰かが近づいてきた可能性はない。

もうひとつの入り口は見てはいなかった。だが、私は『ご主人様の足音は聞き逃さない』ので、ぽてぽてと愛らしくお近づきになられれば、絶対にわかる。

それなのに、私は声をかけられるまで気づけなかった。

これは一体、どういうことか。

ご主人様は、空を飛んできたとでもいうのか。

まさか、ご主人様はついに覚醒《かくせい》し、生きながら天使になってしまわれたのではないか……。真剣に、私はそう危惧《きぐ》し始める。

そんな私の前で、ご主人様はまたたきをくりかえした。

「あのね、夜助、それ」

「ハッ!」

ご主人様の大きな眼《め》は、私の膝上《ひざうえ》にあるインスタント食品各種に注がれていた。

夜助、思わず硬直する。これはまずかった。あまりにまずい。実は隠れて夜中にこっそりインスタント食品を味わっているなど、かっこ悪いにもほどがある。私はひきつり笑いを浮かべながら、ご主人様のお顔をうかがった。

ここで、私は『悪魔的解決法』を模索し始めた。

＊＊＊

「ご主人様……実は、ご主人様もインスタント食品に興味がおありではないですか？」

「そ、そんな夜助、何を言うの？」

ご主人様はとまどった顔でおっしゃられた。だが、この夜助、知っている。ご主人様は一般的な娯楽に興味をお持ちである。だから、一般庶民の代表的な味覚こと、インスタント食品に関してもきっと気になるに違いない。

私はそっと、巨大なカップラーメンを持ちあげた。

そう、私だけが深夜に貪《むさぼ》り食《く》っていたことを知られるのが恥ずかしいのならば、方法はただひとつ。ご主人様も巻きこんでしまえばよいのである。

「こちらなど濃厚でありながらもさっぱりした塩味に、ゴマの香りが効いた逸品ですよ」

「ああ、やめて、夜助、そんな」

「さらに、隠し味にはカレー粉が……」

「夜助、駄目よ！」

そう言いながらも、ご主人様の目には隠しようのない興味が宿っている。

私はそこを利用して、さらに最後のひと押しをするべく……。

うん、なんかこれ、いつもの『悪魔的解決法』と違うな。

あと、巨大なカップラーメンを食べるご主人様は、ちょっと解釈違いかもしれない。

そう、私はご主人様を見つめ直した。

その瞬間である。

ご主人様の目が澄んでいたので、夜助は自害を決意した。

こんな美しい眼で見つめられて、いつまでも恥をさらしていることができようか。いいや、できはしない。何故、ご主人様が突然現れたのか。その謎は残っているが、夜助はひとまず辞世の句を詠《よ》み始めた。

ご主人様や
ああご主人様や
ご主人様や
これは前に詠んだやつであった。夜助、ちょっと機転が利かない。

さて、どんな句にするか、私が七転八倒《しってんばっとう》している間のことである。

目をキラキラと輝かせて、ご主人様はおっしゃられた。

「夜助、あなたはやっぱり流石ね！」

うん、どういうこと？

そう首を傾げる私の前で、ご主人様は『超善意的解釈』を回し始めた。

＊＊＊

「まず、前提があるわ！　夜助は私に隠れてこっそりラーメンを食べたりしません！」

「うっ！」

夜助に三千のダメージ！

夜助は瀕死《ひんし》の重傷を負った！

いきなり、クリティカルがきた。

申しわけありません、ご主人様。夜助は、夜中にこっそりラーメンを食べる、駄目執事です。そう、土下座したくなる心地に、私は必死に耐えた。

ご主人様は、私が夜中にラーメンを食べるはずがないと考えていらっしゃる。

ならば、目の前の光景を、ご主人様はどう解釈なされたというのか。

踊るような足どりで、ご主人様は大きな冷蔵庫に向かわれた。中を少しだけ開き、ご主人様はすぐに閉じられた。暗闇《くらやみ》に一筋の光が走り、また消えていく。

えへんと、ご主人様は胸を張られた。その仕草《しぐさ》、パーフェクトカワイイです。

「やっぱり、冷蔵庫には食材が揃っていたわ。夜助が買い逃しをするはずがないものね。つまり、このインスタント食品の数々は、私の朝食用の準備でもないということ……それなら、なんのために、夜助はインスタント食品をだしたのかしら」

「なんのために、ですか?」

「そう、ここで忘れてはならないことがあるわ」

ビシィッと、ご主人様は宙を指さされた。前から思っていたが、推理モードのご主人様は、ちょっと動作が大きくなって愛らしさ増し増しですね。同時に、ヤサイマシニンニクアブラカラメという魔法の呪文《じゅもん》が、自然と頭に浮かんできた。お腹が空きました。

「カップラーメンの特長は、早くできることよ! つまり、夜助は急遽《きゅうきょ》、人にカップラーメンをだす必要に迫られたの!」

「なんですと?」

「つまり、夜助はこの家に空腹の泥棒さんが入ったことに気づいて、カップラーメンでおもてなしをしてお帰ししようとしていたのよ!」

「ご主人様、流石にとんでもです」

私はそう応える。発想の飛躍にもほどがあろう。この屋敷に侵入者など……。

だが、そこで、うん？ と私は首をひねった。

いや、可能性はある。

何故、ご主人様は急に現れたのか。足音がしなかったのか。

そう、ご主人様は歩かれなかったのだ。ご主人様は別の人間に抱えられて、システムキッチンまで来られたのである。

しかも、足音を殺すことに長《た》けた人物に、だ。

「そこにいるのは誰だ！」

私は声をかけた。

ひょっこりと、流しの陰から人が現れた。

なるほどなーと私は理解する。

泥棒は、本当にいたのである。

＊＊＊

まず泥棒は、過去侵入した泥棒ズと同じく、化粧室の窓を破って侵入した。

そうして、ご主人様の寝室に侵入し、気づかれた。だが、泥棒はご主人様の怒濤のごとくの『超善意的説得』にあい、改心。ただ、お腹が空いているので、せめて食べ物をわけてくれと訴えたらしい。

ご主人様は、一品一品に非常に時間はかけられるものの、料理はおできになる。そうして、ご主人様はシステムキッチンへ泥棒を案内された。その間、泥棒は裸足《はだし》が寒そうだからと、ご主人様を抱っこして運んだ（これは正確には、突如気を変えたご主人様に逃げられては困る、と思ったからであろう）。システムキッチンに着くと、泥棒はご主人様を降ろした。そこで、ご主人様は私のことを発見し、泥棒はとっさに隠れたのであった。

かくして、夜助にはご主人様が突然ワープしてきたかのごとく感じられたのである。

言葉にしてみれば、なんということはない事件であった。

いや、なんということはある！

そもそも、泥棒が入っていることが問題であった。

生前の奥様の愛されたものではあるが、いい加減、化粧室の窓は替えなくてはならないであろう。当家に侵入を許したのは、もはや数えきれない回数にのぼっていた。

さすがに、どうかと思う。

だが、今回、目の前では和む図がくりひろげられていた。

「あっ、熱いわね。夜助、カップラーメンってなんて熱いのかしら！」

「ご主人様、よろしければ、夜助がフーフーしてさしあげますが……」

「まあまあ、うふふ」

夜助の目の前では、ご主人様がカップラーメンを苦労しながら召しあがっている。

せっかくだし、ご主人様も召しあがっては……と思わず、この夜助が勧めてしまった結果だ。リゾットや野菜スープのほうがお似合いだと思ったのだが、ご主人様はおもしろそうだと巨大なカップラーメンを手にされた。そうして、今、小さなお口で麺と格闘なさっている。私の『悪魔的妄想』が、計らずも一部叶《かな》ってしまった結果となった。

一言、申し上げよう。

非常に、よき。

解釈違いとか言いましたが、撤回します。記者会見を開いて、お詫びを申しあげよう。

カップラーメンを食べられるご主人様。これはこれで、一種の『ギャップ萌《も》え』というやつであった。特に、麺を上手くすすることができず、あむあむと食べていらっしゃるさまなど、大変に趣が深いと思います。

またひとつ、『夜助の脳内ご主人様アルバム』が増えてしまった。

ちなみに、私にはご主人様の保存しておきたいと思ったお姿を、一分《いちぶ》の劣化もなく、瞼を閉じれば再生できるという特技があります。褒めてくれてもいいのですよ？　ただ、そのせいで、脳の記憶容量がだいぶ喰われてしまっている事実については言ってはいけない。ご主人様の記憶は、なにをさしおいても優先すべき事柄《ことがら》なのでよいのである。

あと、ご主人様の横でずろろろろぉおおおおおおおおっと麺をすすっている泥棒のことは無視。完全にシャットアウトである。

ああ、今日もご主人様はかわいいなぁ、うふふ。

そうたんのうしながら、私は豚骨ラーメンをずろろろろぉおおおっっとすすった。

＊＊＊

無事、泥棒にはお帰り願った。なんか最後には元気に手を振っていたが、こっちは友達になった覚えはない。ご主人様の恩情に泣いて感謝をするがいいのである。森にお帰り。

私の隣では、ご主人様がうとうとしていらっしゃった。だが、また眠り直すことをためらっておられるようだ。そんなお姿に、私は声をかけさせていただいた。

「ご主人様、まだ夜も深《ふか》うございます。お眠りになったほうがよろしいかと」

「うん……でも、夜助。あんなに食べて眠ったら、太ってしまうわ」

「ご主人様は少しふくよかになられてもかわいらしいですよ?」

「ふふっ、お前は優しいわね」

ご主人様に褒められると、夜助は脳内の回線がショートして死にます。

根性で命を繋ぎながら、私とご主人様は二人で歯《は》みがきをした。

そうして、夜助はご主人様を寝室へと送り届けた。そっと羽毛布団をかけて、おやすみなさいませをした後は、ほっぺにチューを送りたいのを全力で耐える。

そうして、夜助は鋼《はがね》の意志でシステムキッチンへ戻った。

そこで、力が抜けて、私は思わずぺたりと座りこんだ。

あっ、危ないところだった。

ご主人様に、夜助が駄目執事であるとバレてしまうところであった。いや、お優しくも天然なご主人様のことである。私が夜中にインスタントラーメンを貪り食っていようとなんとも思われないであろうが、夜助のほうがかっこ悪すぎて死んでしまう。

ともあれ、助かってよかった。

そう胸を撫でおろし、私はカップラーメンをさらに奥深くへしまうのであった。

だが、そこで、私はうん? と気がついた。

どうにも、おかしい?

ご主人様はお料理はおできになられる。だが、覚えていらっしゃるメニューは手間も時間もかかるものばかりである。だからといって、ご主人様にはハムやソーセージをそのまま出されるという発想はない。お腹を空かせた泥棒に、せめて温かいものを食べさせてあげなくてはとお考えになるのがご主人様だ。だが、システムキッチンまで泥棒を案内されて、ご主人様は泥棒を温かな料理ができあがるまで待たせておかれるつもりだったのであろうか。

もしかして、ご主人様は夜助のラーメンのことをあらかじめご存知だったのではないだろうか。そうして、夜助の顔を立てるためとちくっと注意をするために、今回の件を扱われたのではないだろうか。

たとえば、泥棒にごちそうをしてこうおっしゃるのだ。

昨日、泥棒さんが来たのだけれども夜助がカップラーメンを準備しておいてくれたおかげで、ことなきをえたの、ありがとう。夜助が気を利かせておいてくれて助かったわ。あなたは、夜中にカップラーメンなんて食べませんものね……。

その可能性に気づき、私はいまさらながら青くなった。

そうして、夜助は深夜の楽しみを固く封じたのであった。

さらば、ラーメン。
さらば、リゾット。
そして、まさかこのときは、これが最後の穏やかな夜になるとは。
夜助は思いもしなかったのである。

第六章

オレゴシュジンサマハナレル
チョットヨクワカラナイ

インスタント食品全滅事件を乗り越え、夜助は朝を迎えた。

悲しみと共に、私はまぶたを開く。だが、続けて、我ながら静かな面持ちで首を横に振った。なに、嘆くことなどひとつとしてないのである。

なにせ、この世にはご主人様がいらっしゃるのだから。

絶望に満《み》ちあふれた世界でも、ご主人様さえいらっしゃればそこは楽園に変わるのだ。

そして、夜助は従者として、眩しきご威光を誰よりも間近で味わうことが許されている。その栄誉を前に、インスタント食品ごときがなんであろう。

こってり豚骨ラーメンや濃厚チーズリゾットが二度と味わえなくなって……も……私……私、は。やはり悲しい。率直に申し上げよう。夜助は修行が足りなかった。このままではご主人様に申しわけがたたない。

やはり、切腹しかないのか。

そう、夜助が真剣に悩んでいたときである。

屋敷に、ある不審な品が届けられた。

＊＊＊

その宅配便の荷物には厳重な梱包《こんぽう》がほどこされていた。だが、包みを開くと、自然と中身はリビングの机のうえにこぼれ落ちた。それを見て、私はハッと息を呑んだ。驚きのためもある。だが、何よりも、『人間の悪意』をまざまざと感じとったためだ。

包みの中には、二体の人形が入れられていた。

しかも、ビーズ製の目がバツ印で潰され、口も同様に縫われている。他でもない、ご主人様のご両親の遺体と同様の傷がほどこされていた。そう、痛ましい話だが、ご主人様のご両親はずいぶんと凄惨な方法で殺害されている。

人形には、カードも添えられていた。記された文字を、私は睨みつける。

『迎えに行くよ』と、そこには書かれていた。

続けて、私は送り主の宛名《あてな》を見る。

佐近司武光。

半《なか》ば以上、予測できた名前だった。

彼の消息については、いまだに聞かされてはいない。だが、元々、こちらは佐近司氏に一度パーティーに招かれただけの仲であり、迷惑こそかけられたものの、特に深い関係も縁もない立場にあった。だからこそ、彼が見つかったところで、改めて連絡の来る可能性は低いといえた。一応、わかりしだい、執事の加山悟氏に一報をもらえるよう個人的にお願いはしてある。だが、本当に守られる保証などなかった。

そして、今、『これ』である。

私は迷った。

ご主人様に、このことをお知らせするか否かについて、だ。

不審物のチェックも執事の務め。本当は、問答無用で警察に突きだすべきなのであろう。だが、思いだしてみて欲しい。

しょせん、私は悪魔である。

ご主人様には、人間に絶望していただきたい。それも、私の真なる願いなのだ。同時に、決して、ご主人様を危険な目に遭わせたくないのも本心である。ご主人様の悪堕ちを願う心と守りたい心。その狭間《はざま》で、夜助は散り散りにならんばかりであった。

オペラ座の怪人のように、この忌《い》まわしい怪物は地獄の業火に焼かれながらも天国に憧《あこが》れているのである。

どうすればいいのか、もう、ちょっとよくわからなかった。

そうして、私が悶絶しているときである。

かわいらしい足音が、私の耳を叩いた。

ハッとしたときにはもう遅い。

私の前には、ご主人様がいらっしゃった。

ご主人様は大きな目を見開いて、人形をじっと見つめておられる。その美しくも理性的な瞳の奥深くに、動揺の光が揺れるのを、私は見逃さなかった。

「……夜助、それは」

「ご主人様、こちらはさきほど、佐近司武光氏より届けられたものでございます」

「そう、なの。迎えにいらっしゃるのね」

メッセージカードを手にとり、ご主人様は小さくうなずかれた。

私は嫌な予感がした。当然である。私は知っていたのだ。ご主人様に人形をお見せすれば、こうなることはわかっていたのである。

お亡くなりになったご両親について、ご主人様はいまだに深く心を痛めておいでだ。その傷は深く、癒《い》える気配はない。そしてご両親を殺した犯人はまだ捕まっていないのだ。その手がかりをつかめるかもしれないというのならばご主人様はなんでもなさるだろう。

本当は、警察に任せるべきことがらであった。だが、人形の件は、たんに悪質ないたずらととられる可能性も高い。それこそ、佐近司氏その人がそうだと肯定すれば、事態はそれで収束してしまうに違いなかった。ゆえに、私にはたやすく予想ができた。

ご主人様は、佐近司氏との直接的な対話を求められるだろう、と。

実際、ご主人様の目の中からもう動揺は消えていた。凛《りん》と、ご主人様は口を開かれる。

「夜助、支度をして」

「支度を、ですか」

「迎えにいらっしゃるそうですから」

ご主人様の声には強い覚悟が滲《にじ》んでいらした。危険な相手のもとへ、身を預けられる覚悟が。この夜助、背筋にゾクゾクッと、甘美な戦慄《せんりつ》が走るのを覚えた。ああ、静かに決意をなされたご主人様のなんと美しいことか！　しかも、そのそばに、どうやら私は置いていただけるらしい！　なんと！　なんと光栄なことであろう！　嬉しさのあまり、鼻から血が噴出して、出血多量で速やかに死にそうである。だが、そんな私の想いを知ることなく、ご主人様は心配そうにつけ加えられた。

「夜助、あなたは来てはいけないわ。そう思っているの。でも、同時に、本当はあなたにもいて欲しい……いつでも、私のそばにいてくれるあなたに今回も離れて欲しくないの。あなたは、どうかしら。私の判断を愚かだとわかっていても、ついて来てくれる？」

「以前にも申しあげたとおりです。ご主人様にお許しいただけるのでしたら、この夜助、天国でも地獄でもお供いたします」

「ふふっ、お前は本当に優しいわね」

ああ、ご主人様、申しわけありません。

夜助は、優しくなどないのです。

この出来事でご主人様が人に絶望し、天使となる道を断ってくださることを、私は心より望んでいるのです。ですが、畏《おそ》れながら、この夜助それを恥じることはいたしません。

なにせ、私は悪魔なのですから！

かくして、私とご主人様の危険な冒険は幕を開けたのである。

果たして、佐近司氏はご両親の死のなにを知っているのか？　いったい、どうかかわっているのか？　ご主人様を迎えにくるという思惑はなにか？

今度こそ、ご主人様は悪堕ちしてしまうのか？　それとも再びの大勝利となるのか？

この私、夜助はご主人様を守りきれるのか？

まず、すべては佐近司氏からの迎えにかかっていた——。

＊＊＊

「お迎えにあがりました」

「まさか、あなたが、ですか」

数時間後、私達の前に現れた人物――それは加山悟氏であった。

懐かしくも上品な顔に、彼は温和な笑みをたたえている。

前の佐近司氏の『お遊び』で、彼は主人に愛想《あいそ》をつかしたとばかり思っていた。だが、どうやらそうではなかったらしい。同じ執事として、その忠誠心に尊敬を覚えればいいのか、主の愚行を止めないことに軽蔑《けいべつ》をすればいいのか、微妙な線である。悪魔としては、よい心がけであると褒めなくもない。つまり、人間としては失格だ。

話を聞くと、佐近司氏はパーティーの面々が捜索願いをだすべきだと騒ぎ始めたころ、急に戻ってきたのだという。佐近司氏は彼の『お遊び』につきあわされた面々に相応の金を払い、関係を断った。そのうえで、加山氏に宣言したのだという。

どこからか話を聞きつけ、首をつっこんできそうな面々をあらかじめ怯えさせておき、彼らの前から姿を消しているうちに、準備は整った。これで積年の悲願が叶う、と。

「ご主人様のお考えを、私はくわしくは存じあげません。ただ、その成就のためには、どうしても春風琴音様が必要とのことでございます」

わけのわからないことを目標にして、うちのご主人様を巻きこまないでいただきたい。森へお帰り。そんな想いを胸に抱きながらも、私はご主人様の方針に従うこととした。

つまり、加山氏の案内の下、彼についていくことにしたのである。

以前、姿を消していたメルセデス・ベンツに、我々は再び乗車した。そうして、羽田空港へと向かった。降機先でタクシーを使用し、港に着くと乗船券売り場へと向かう。ここでH島へ一旦《いったん》上陸し、その後、お抱《かか》えのフェリーで、目的地へ向かうとのことであった。

進む先に待ち受けるのは、佐近司氏所有の孤島だという。

こちらは、流石に佐近司氏の印税だけで買いとった場所ではない。元々は別荘として、会社経営者である佐近司氏の父親が所有していた場所だという。かつては経営陣に加えて文化人も集う一種のサロン的な役割を果たしており、そこで佐近司氏の才覚は磨かれたとの話であった。今では別荘は固く閉ざされており、島も売却が決まっているという。

だが、そこで佐近司氏は、我々と最後の話しあいを持とうとしているのだ。

果たして、話とはいったいなんだろうか。

十中八九ロクなものではないだろう。

そうわかりつつも、我々は潮風をきって、島へと向かうのであった。

＊＊＊

孤島の洋館に、我々は案内された。

ここまでならば、前回の山荘を思いださなくもない。だが、今回の建物は花崗岩《かこうがん》で造られており、長年の海風に耐える造りであった。ヨーロッパからの移築だという。面積は相当に広く、かつて多くの人間が行き来していたさまが容易に想像できた。

中に入ると、我々は上品な談話室に案内された。

窓には分厚いカーテンが引かれ、床にはくるぶしまで沈むかと思われるほどの毛足の長い絨毯が敷かれている。暖炉《だんろ》の前には革張りの椅子が置かれていた。

その上に、一人の青年が座っている。

彼は顔をあげた。

あまりの驚愕《きょうがく》に、私は息を吞んだ。目を見開き、私は無様《ぶざま》な声をあげる。

「あっ、あああああ、あっ！」

「よう、久しぶりだな、夜助」

そこにいたのは他でもない、忌まわしき我が同期のひとり。

つまりは悪魔の知りあいであった。

瞬間、夜助はすばやく行動に移った。

全力ダッシュで彼に飛びつき、口をふさぐと絞め落としにかかったのである。

「全力で死にさらせ」

「待て待て待て、ギブギブギブ」

知らん。

慈悲などない。

というか、絞められながらしゃべれるのか。しぶとい奴である。

「夜助、いきなり会った人の首を絞めるのは、ちょっと駄目だと思うの」

「ご安心ください、ご主人様。こいつと私は知りあいでございます」

「お友達の首を絞めるのはもっと駄目だと思うわ」

「ハッハッハッ、訂正します。知らない人でした」

「それじゃあ、通り魔じゃねーか」

ええい、やかましい。死体（予定）が喋るな。だが、人間相手ならばともかく、悪魔相手には、これは不毛このうえない行動でもある。

やがて、私は同期の首を絞めるのを止めた。

はぁっと、同期は深く息を吐き、パンパンと服の乱れを直した。

改めて、私は目の前の人物（悪魔）を観察する。茶色のジャケットにダメージジーンズをあわせた、軽薄そうな印象の男だ。脱色された髪と色素の薄い目が、その印象を加速させている。だが、人は見かけによらない。

こいつは軽薄な人間などではなく、悪魔なのである。

ちなみに、名前は知らない。多分聞いたが、確実に忘れた。

私とご主人様を見比べた後、そいつはにんまりとチェシャ猫のように笑った。

「そっちの夜助に話がある。少し、二人で話をさせてもらえるかな？」

こっちは話すことなどねーわー。

そう言いたかった。だが、悲しいかな、話すべきことはあるのだった。

ご主人様に、私が悪魔だとバラされては困る。

そのために、私は速やかに絞め落とそうとしたのだが、無駄だった。代わりに、この男に釘《くぎ》を刺さなくてはならない。だが、その間、ご主人様をお一人にしておくわけにもいかなかった。そう迷う私の前で、加山氏は深々と頭を下げた。

「こちらのことはご心配なく。今はまだ、決して春風様に害を与えることはないとお約束いたします」

ちょっと待て。今はまだって言わなかったか。今はまだって。

ご主人様に害意を持つこと。それすなわち、夜助との敵対である。祟り殺すぞ。

そう憤怒《ふんぬ》する私の前で、ご主人様はゆるやかに首を横に振られた。ひとつうなずいて、ご主人様は私に優しく告げられる。

「夜助、私なら大丈夫。話すべきことがあるのならば、二人でお話をするといいわ」

「しかし、ご主人様」

「本当に、大丈夫だから」

重ねて、ご主人様はおっしゃられた。だが、それで敵地とも呼べる場所に、ご主人様をお一人にすることなど私にはできない。しかし悩む私の耳元に、悪魔の囁きが響いた。

「このまま駄々をこねるなら、お前が悪魔だってことバラすけど?」

鬼!

悪魔!

地獄に堕ちろ!

実家に帰れ!

そう、私はあらゆる罵声《ばせい》を呑みこんだ。

ご主人様に深い礼をひとつして、私は男の向かいの席に着いた。

加山氏はご主人様を連れて部屋から出て行かれた。ぱたんと扉が閉じられる。

深くため息を吐《つ》いて、目の前の男は背筋を伸ばした。バキボキと骨を鳴らした後、悪魔は尋ねてくる。

「なぁ、お前、あの子のこと好きなの？」

瞬間、夜助は爆発したのであった。

＊＊＊

夜助はドーンッと打ちあがり、キラキラと輝きながら落下した。

むろん、イメージである。実際の夜助は椅子から動いていない。

その前で、悪魔はにやにやと笑っている。さすが、悪魔という笑顔である。この夜助も悪魔なわけだが、思わず感心してしまう。ひとしきり笑ったあと、悪魔は続きを囁いた。

「で、どうなのよ。はっきり言わないと、俺、あの子にお前の正体バラしちゃうかも」

おのれえええええ。火搔き棒あたりで惨殺してくれようか！

だが、季節柄、まだ火は入れていないせいか暖炉に火搔き棒はなかった。それに、これもまた悪魔相手には不毛な考えだ。無念である。

追いつめられ、哀れ夜助は震えながら口を開いた。

「や、夜助はご主人様のこと」

「うんうん、ご主人様のこと」

「しゅ、……しゅきぴよ」

「しゅきぴ」

なんか凄い顔をされた。夜助は本気だというのに失敬なやつである。

これは確実に、ダムの底へと沈めなければならない。

そう、私が真剣な表情で悩んでいるときであった。

ふーっと息を吐いて、目の前の悪魔は言った。

「本気なんだな。あのダメ悪魔の夜助が、よりにもよって天使候補に惚《ほ》れてるとは聞いていたが、まさか本当だとは……」

「はぁーっ？　悪魔が天使候補に惚れたらいけないんですかー？」

「いや……普通に駄目じゃない？　悪魔は天使候補を殺したら、地獄から加点されるくらいだぞ？　まあ、お前の好きな子だし、俺にも考えがあるからやらないけど」

聞き返された。うん、実はその点については否定できなかったりする。

わかっている。悪魔と天使の恋など厳禁だ。だが、私はあくまでもご主人様の執事である。ご主人様は、私のご主人様だ。私達はそれだけの、清く、尊い関係である。

それに、私はご主人様を悪堕ちさせようとがんばってもいる。

これは私が悪魔だからではなく、個人的願望にもとづく行動だ。だが、悪魔としてはとても正しい行動でもあるので、何も問題はないはずだった。

そのことを知ってか知らずか、目の前の悪魔は頬杖《ほおづえ》をついて続けた。

「でもさ、あの子もお前のこと好きかもよ」

「はぁ――――――――――――――――っ？　はぁあああああああああああ？」

「お、おう。意味の伝わりにくい絶叫だな」

具体的には『そんなことあるわけねーだろバーカ』と『お前にはそう見えるの……トゥンク』がいっしょになった叫びである。夜助、内心は複雑であった。

大混乱で、大混雑である。

さて、困った。これにはどう反応するべきか。

私がそう悩んでいると、悪魔は言った。

「でも、人間なんかと好きあってどうするんだよ。お前も相当な馬鹿じゃない限り、これを狙ってるんだろうけどさ。あの子を上手く天使になれないように仕向けたところで、いつかは離れなきゃいけない日がくるだろう?」

「オレ　ゴシュジンサマ　ハナレル　チョットヨクワカラナイ」

「なんで急に知性が落ちたんだよ」

そう言われても、本当にわからないのだからどうしようもない。ご主人様と離れる日がくる……そんなこと、この夜助は想像したこともなかった。

戸惑う夜助の前で、悪魔はおおきなあくびをひとつした。

「普通の悪魔なら、人間の魂を奪うこともできるけどさ。それは『魂そのもの』を手元に置けるだけで、人間としての人格を保全しておけるわけじゃない。恋仲になったって、あの子が悪魔になるか、お前が天使になるかでもしない限り、ずっといっしょにはいられないだろ。馬鹿らしい……まあ、でも、お前の勝手か。そんなことより、聞いてくれよ」

ちょっと待て。何が『そんなことより』だ。それより重要なことが他にあるか。

夜助は、そう慌てる。だが、悪魔は容赦なく話題を切り替えた。

「俺のほうはな、悪魔の務めをしっかりと果たしている。今だって、相当な奴についてるんだぜ」

「……佐近司武光氏か？」

「ビンゴ。アイツはこのままだとずいぶんな悪事をなす。それが成功したら、俺は魂をもらう。その代わりに、色々と協力する契約をしてるんだ。成し遂げた奴の魂を地獄へ持って帰れば、俺は名を挙げられる。だから、な」

「だから、どうした」

「お前は『なにがあっても手出しをするな』。それがあの子を好きなお前のためでもある」

悪魔は言った。どういう意味かとは、私は聞かない。

だいたいの見当はついていた。

多分、この場所でご主人様は試されることとなる。

さて、そのとき、この夜助はどうするべきなのか。

それだけは、まだ見えてこなかった。

＊＊＊

無事、私達は話しあいを終えた。

ご主人様は、別の客間でお待ちになっていた。再会し、にこっとほほえまれたご主人様の姿に、夜助は熱い涙を流し、膝《ひざ》から崩れ落ちそうになった。または頬を赤く染めて、乙女のごとく身をよじりたくなった。あの悪魔の囁きのせいでどうしても意識してしまう。

『あの子もお前のこと好きかもよ』

果たして、アレはなんらかの根拠をもとに吐かれた言葉であったのか。

それとも、単に、こちらの動揺を誘うためだけに紡がれた甘言であったか。

答えはわからない。だが、一度そう言われれば意識せずにはいられなかった。

ご主人様も私のほうをしゅきぴとか、夜助は考えもしなかった。だが、と、私は思う。

かの『春琴抄《しゅんきんしょう》』において、従者の佐助《さすけ》は、主の春琴のほうが歳を重ねたこともあり、少しずつ佐助に色を向けてくるようになっても、決して恋仲に至ろうとはしなかった。

主従とは本来そういうものなのである。

だが、私がご主人様をしゅきしゅきだいしゅきなことは確かなわけで……。

「落ち着かれましたかな。それでは、佐近司様がお待ちです」

そこで、私達は声をかけられた。ご主人様は静かに目を光らせる。

待ちに待った、佐近司武光氏との対面であった。

＊＊＊

佐近司氏は、海辺に面した、重厚な書斎の中にいた。

山荘とは違って、部屋の中にノートパソコンやプリンタ、アーロンチェアなどの最新の現代文明を感じさせる品は置かれていない。代わりに、万年筆と紙の原稿用紙が机の上を飾っていた。

やはり壁は作りつけの本棚にされている。濃厚なインクと紙の匂いがした。窓の外には遠く海が見える。別の部屋への通路などは見当たらない。

ずいぶんと閉じられた一室だった。

じっと、ご主人様を見つめ、佐近司氏は口を開かれた。

「やあ、ようこそいらっしゃいました」

「私の両親の死について、あなたは何かごぞんじなのですか？」

なんら迷うことなく、ご主人様は単刀直入に尋ねられた。

佐近司氏は穏やかな笑みで、それに応えた。まるで孫の成長を喜ぶ老爺《ろうや》のように、彼はゆっくりとまばたきをする。そうして、彼は口を開いた。

「君のご両親は、私が殺したんだ」

「喝《か》――――――――――――――――――――――――――――――――つッ！」

佐近司氏の頭で、私はスイカ割りをした。

はい、本当はやっていない。三回目である。どうか飽きないでもらいたい。正直なところ今回はカチ割ってもいい気がしたが、私は攻撃を控えた。

なにせ、夜助は悪魔である。今後の情勢を見守らなければならない。指をわきわきさせながら耐える私の前で、佐近司氏は続けられた。

「だから、君には私を殺す権利がある」

ううん、それはおかしくないだろうか？

悪魔が法律を語るとはちゃんちゃらおかしいかもしれない。だが、人間は私刑も復《ふく》讐《しゅう》も禁じているはずである。それなのに権利とは佐近司氏は何を言っているのだろうか？

ご主人様はなにもお答えにならない。佐近司氏は言い聞かせるように囁く。

「君は私が憎いはずだろう？　天使のような君でも、私に報復したいはずだ。君にはそれが許されている。この世界でいったい誰が、君を責めるだろう。私を殺した後は、加山が君の正当防衛を証言してくれる。だから、君は安心して、私を殺していい」

「それで、あなたになんの得があるのですか？」

いぶかしげに、ご主人様は問われた。

そこ、夜助も気になった。

佐近司氏の話には、彼への利がない。いったいなにを目的としているのか、まったくわからなかった。その言葉に、佐近司氏はもう一度笑った。ゆっくりと、彼はうなずく。

「疑うのももっともだ。私は君達が殺しあうかどうかを見物した人間でもあるからね。だが、あのとき、君は決して周りの誰かを疑おうとすらしなかった。そんな君ですら、私の死を望むというのならば……そのために死ぬことが、私にできる唯一の贖罪《しょくざい》だと思う」

答えになっていない。

だが、佐近司氏は自身の言葉に満足そうだ。椅子を軋《きし》ませ、彼は最後に告げた。

「私は君が許すに値しない人間だ。殺すべき人間だ。覚悟が決まらないというのならば……私がその事実を君に証明してみせるよ」

「どういうことですか?」

「今晩、人が死ぬ。私に殺される」

佐近司氏の宣言に、我々は息を呑んだ。

いったい、誰が死に、殺されるというのか。

だが、佐近司氏はそれを告げなかった。静かな口調で、彼は話を締めくくる。

「どうか、楽しみにしておいで」

そうして、佐近司氏は、私達を書斎から追いだしたのであった。

＊＊＊

「夜助、今晩、人が殺されてしまうわ。どうにかして止めないと」

「落ち着いてくださいませ、ご主人様。手はあります」

そう、私はご主人様に語りかけた。

なにせ、ここは孤島なのだ。

また、この場に揃った面子《めんつ》は多いとは言えない。

犯人は佐近司氏だ。ならば、被害者は残りの人間に限られる。

それならば、取るべき手はふたつと言えた。加害者を見張るか、被害者を守るかだ。どちらがいいのか、私は考えを巡らせる……フリをして、別のことを考えていた。今まで、我々は様々な事件に遭遇した。だが、本当に人の死が関わるのは今回が初めてである。

実際に、人が殺される。

そのときに、ご主人様は果たして『天使的解決法』を貫くことが可能なのであろうか。

それとも、佐近司氏の望み通りに悪堕ちをなさってしまわれるのか。

今までは、様々な人間達が好き勝手に事件を起こしてきた。だが、今回はよりにもよって佐近司氏はご主人様がその天使性を保《たも》てるか否か、挑戦してきたのである。こんなことが起こるとは、この夜助も予想しなかった。今こそ、ご主人様の善性が問われるとき。

ならば、今度こそ悪魔として動きながら、私はその結果を知らなくてはならなかった。

そう、私は知りたくてたまらない。

佐近司氏のだした問いへの、ご主人様の答えを。

だから、私は言葉を控えた。そんな私に向けて、ご主人様は続けられた。

「私達がいっしょに閉じこもろうとしても、加山さんもさっきの男の人も、言うことを聞いてくれるとは限らないわ。佐近司さんを書斎の前で見張りましょう……もっとも、これも加山さんに邪魔をされてしまうかもしれないけれども」

「私ならばかまいませんよ。邪魔だてなどいたしません」

そう、加山氏は笑顔で約束をしてくれた。だが、加山氏は佐近司氏の生存を報告するという約束を一度破っている。前科一犯なので、当てにはできない。それでも、今はその言葉を信じるより他なかった。

かくして、我々は佐近司氏の書斎を見張ることにしたのである。

久しぶりに、悪魔として、この夜助は胸を高鳴らせた。

今晩、本当に人は死ぬのだろうか。

惨劇が避けられなかったとき、ご主人様は悪堕ちしてしまわれるのか。

ああ、なにもかもが楽しみで楽しみでしかたがない！　もちろん、ご主人様をお守りすることが第一である。だが、私はこっそりと舌舐《したな》めずりをした。

さて、我々の運命はいかに定まるのか。

全ては次章に続くのである（二度目）！

第七章　ご主人様と私

自分で言っておいてなんだが……改めて、次章とはなんであろうか。

現実は現実だ。やはり次章などない。だが、あまりの興奮に夜助、脳内が『火サス』の世界に飛んでいたようである。ここは今一度、冷静に立ち返らねばなるまい。だが、わくわくはやはりノンストップである。ご主人様が悪堕ちされるかもしれない状況下で、悪魔である夜助が理性を保つことなどできるはずもないのだ。

佐近司氏による、無差別殺人宣言。

それを前に、我々の方針は固まっていた。

書斎前で、佐近司氏を見張るのである。

そうして、被害者がでないようにするのだ。

そのために、我々は加山氏から提供される飲み物や食べ物も断わった。彼は我々の邪魔をしないと明言しているが、薬を入れないとも限らない。ご主人様のために、私は何もないところから水をだしたりしたかったが、それはどちらかといえば、神が起こすたぐいの奇跡である。愛しのご主人様とともに、我々は一晩耐えることとなった。

夜になり、廊下からは誰もいなくなった。

書斎に動きはない。

遠くから、潮騒《しおさい》と風の音が聞こえてくる。

私はご主人様の椅子になりたかったが、佐近司氏が出てきたときに動けなくては本末転倒である。そのため、代わりに自分のスーツの上着を畳んで、ご主人様にクッションにしていただいた。現在ご主人様のお尻《しり》は痛くなさそうなので、夜助ひと安心である。

時間はすぎた。

やがて、ご主人様はぽつりと呟かれた。

「夜助」

「なんでしょうか?」

「なんで、あなたはこんなときも、私のそばにいてくれるの?」

「それは、私がご主人様のことをなによりも大事に思っているからですよ」

「まあまあ、うふふ」

ちょっとお困りのさいの答えを返されてしまった。

ご主人様も私のことを好きとか、絶対嘘じゃないですかー。やだー。

内心、じたばたと私は暴れる。すると、ご主人様はゆっくりと続けられた。

とてもとても、愛しそうな声で、ご主人様は囁かれた。

「お前だけは、いつまでもいつまでも、私のそばにいてね」

うん?

これは、あの。

ひょっとすると、ひょっとするのでは？

夜助は、そう混乱におちいった。

それから、さらに長い時がすぎた。

夜助とご主人様は、交代で一度ずつトイレに行った。

そして、色々あり――。

暗いただ中へ、銃声が響いた。

＊＊＊

「夜助！」

「ええ、ご主人様。確かに聞こえました！」

まず、ご主人様が駆けだされた。私は後を追う。

昼間、私が悪魔と話をした談話室の前で、ご主人様は足を止められた。

彼女は扉を開く。

中には、佐近司氏がおり、そして悪魔が倒れていた。

月光の注がれる中、佐近司氏は顔をあげる。

変わらぬ笑みを浮かべたその顔は、倒れた男よりもよほど悪魔のように見えた。

ゆっくりと、彼は囁いた。

「ほら、殺してみせただろう?」

そうして、彼は腕をあげてみせた。

その右手にはナイフが握られている。

そして、左手には髪が絡まっていた。

床上に倒れた悪魔には、気がつけば頭がない。

ご主人様は小さく悲鳴をあげられた。それを確認し、ついてきていたらしい加山氏が、そっとご主人様を扉の外へと導いた。私も同じ思いだった。

ここにご主人様がおられても、いいことはない。頭部なき死体をご主人様がまじまじとご覧になってしまう前に、私も共に外にでる。

だが、ぼうぜんと廊下に導かれた後、扉が閉じられる寸前、ご主人様は叫ばれた。

「そんな、殺せるはずがありません！　私達はずっと書斎を見張っていたのよ！」

「だが、現に、私は殺してみせた」

優しく、佐近司氏はほほ笑む。その姿は、昼間とまるで変わりがない。

手に持った頭を持ちあげて、彼は囁いた。

「それが真実だよ」

悪魔はまぶたを閉じている。

同期のそのさまを目に焼きつけながら、私はそっと扉を閉じた。

＊＊＊

ご主人様は震えながら己の肩を抱かれた。それから首を横に振り、果敢に目の前の扉に突撃しようとなされた。ご主人様は惨劇の現場に戻ろうとなされる。だが、中からガチャリと鍵のかけられる音がした。加山氏が閉めたのだろう。

賢明な判断だった。

これ以上、あの現場をご主人様にお見せするわけにはいかない。

かくして、私達は締めだされた。

ぎゅっと、ご主人様は拳を握りしめられる。そして、ぐっと唇を噛んで続けられた。

「書斎を確かめましょう。このままでは納得ができないわ」

「かしこまりました」

そううなずき、私はご主人様の後に続いた。

書斎の中は、昼に見たままだった。佐近司氏が煙のようにいなくなっている以外には、変化はない。本棚の裏に隠し通路があったり、隣の部屋の窓とこちらの窓の間が異様に狭かったりと、そういうことはいっさいなさそうだった。

この場所から、人が消えられるわけがないのである。

だが、佐近司氏は抜けだし、人を殺してみせた。

「……どういうことなの？」

ご主人様は不思議そうにおっしゃる。それを隣で聞きながら、私は考えていた。

残念ながら、これは不可能犯罪ではない。

可能な情報はもう示されている。

だが、ご主人様だけは決してそれにお気づきになることはできないだろう。ご主人様視点であとに残されるのは、悲しくも忌まわしい事実だけだ。

『佐近司氏は不思議な方法で、書斎を抜けだし、人を殺した』

その事実を前に、ご主人様はどうなされるのだろう。

私は悟る。

こここそが、ご主人様が本当に天使にふさわしき器か試される場となるだろう。

そして、この夜助の望みは成就するかもしれない。
そのため、申しわけありません、ご主人様。
今回に限り、夜助は味方ではございません。
私がそう心の中で詫《わ》びているときだ。書斎の扉がノックされた。
加山氏が扉の外で待っている。深々と、彼は腰を折って続けた。
「ご主人様が客間でお待ちです」
そう言うと、加山氏はご主人様にオートマチックのリボルバーを差しだした。

＊＊＊

果たして、素人に拳銃《けんじゅう》を渡したところで、上手く扱えるだろうか。ナイフのほうがいいのではないか。そう考える向きもあろう。だが、私は知っている。ご主人様は子供時代のたび重なる外国旅行で、お父様の趣味に付きあわれたこともあり、何度も発砲を経験されているのだ。銃を体験できる施設にて、実弾を扱っておられるのである。佐近司氏は、ご両親と旧知の仲だったというから、そのことを知っているのだろう。

加山氏の案内で、我々は客間に招かれた。

ソファーに、佐近司氏は足を組んで座っていた。その胸元には血が跳ね飛んでいる。

暗い瞳をして、佐近司氏は語られた。

「君のご両親を殺したときを思い出すよ。あのときも、私はこんな気分だった」

「……そうなのですか」

「君がここで私を殺さなければ、私はもっともっと殺し続けるだろう。罪のない人間を、手にかけていくだろう。君はそれを許せるのかい？」

佐近司氏は問いかける。わかっているというように、彼は頷いた。

「許せないだろう？　何よりも、愛しい君のご両親を殺したことを」

ご主人様はぎゅっと手に力をこめられる。右手に持たれた、リボルバーのグリップが小さく音をたてた。そう、ご主人様は人を殺せる武器をお受けとりになられたのだ。

佐近司氏は背もたれに体をあずける。彼は甘く囁いた。

「殺すといい。私は逃げはしないよ」

「…………」

「仇を討ちたまえ」

私は思う。ご主人様がためらわれる理由など、何もない。

ご主人様のご両親を殺された心の傷。それは深く、埋まることなどないのだ。

さらに佐近司氏は殺人を行うことで、自分が簡単に人を殺す人間だと立証してみせた。

ご主人様も佐近司氏を殺したいはずだ。

今後どうなるのか。

私は『悪魔的解決法』を脳内で回し始めた。

＊＊＊

「本当はこんなことをしたくはありません」

悲痛な声で、ご主人様はおっしゃられた。だが、言葉とは真逆に、ご主人様は照準を佐近司氏に定められた。佐近司氏は動かない。彼は緩いほほ笑みを浮かべたままだ。

泣きそうになりながらも、ご主人様は続けられる。

「でも、私がこの手で止めなければ、もっとたくさんの犠牲者がでるわ」

「ああ、そのとおりだ。君は正しい」

そう、佐近司氏は言う。

ここに謎がひとつある。

なぜ、佐近司氏はご主人様の手で殺されることを望んだのか？　だが、私にとって理由

はどうでもいいことだった。

重要なのは、次の瞬間、ご主人様が発砲なさったことである。

血の花が咲いた。

ご主人様は二度引き金を引かれた。

銃弾の一発は佐近司氏の胸に斜めに入り、もう一発は眼窩《がんか》を抜け、頭部から脳漿《のうしょう》を吹き散らしながら飛び出した。彼の座っていたソファーが無残《むざん》に濡れる。がくりと、佐近司氏は頭を前に垂れた。肘掛《ひじか》けに置かれた手から、力が抜ける。

これでいいのだ。そう、私はうなずいた。

これでもう、二度と誰も殺されることはない。

だが、それは天使の行いとしては認められることではなかった。

ご主人様の手は汚れてしまったのだ。

この瞬間、ご主人様は天使となる資格を失われたのだ。

私は天上の鐘の音を聞いた。それは幻聴ではない。悪魔である私にだけ聞こえる、天使候補を失ったことを嘆く、神の声音だった。

「うっ……うううううっ」

ご主人様はリボルバーをとり落とされると、その場に座りこまれた。顔をおおい、ご主人様は泣き始める。その前に、私は足を進めた。

これでいい。これでいいのだ。

これで、ご主人様は私のもの。

だが、それは……本当に、ご主人様をこれほどに悲しませてまで手にしなければならないものだったのだろうか？

一瞬、私は動揺に襲われる。だが、ご主人様の声を聞いた瞬間、それは霧散した。

「……夜助」

ああ、ご主人様のお声！

もはや天使ではなくなったご主人様の、私だけにすがられるお声！

「はい、ご主人様」

「私、人を殺してしまったわ」

「さようでございますね、ご主人様」

「……ねぇ、夜助」

涙を流しながら、ご主人様は顔をあげられる。

そして、迷子の子供のように尋ねられた。

「それでも、お前は私のそばにいてくれる？」

「……ご主人様」

「あなたは佐近司氏の痛切な願いに気づいて、私ならばそれに気づくだろうと信頼を託して、彼の計画に加担したのね」

ええっ、夜助、いつの間にかなんか崇高な動機があったことになっている。

たんに、私が佐近司氏の計画に加担したのは悪魔だからなのだが……。

だが、ご主人様は力強く宣言をなさった。

「ひとつが嘘ならば、全部が嘘と考えるべきよ。私の両親を殺したことも嘘。いいえ、あなたがそう思いこんでいる。それだけなのよね？　でも、あなたは罪の意識から私に断罪されたがった。同時に、真実に気づかせ、私に救われたくもあった。だから、不可能犯罪を演じてみせて、私におかしな点を追及してもらおうとした……自分は人など殺す人間ではないと示して欲しかった」

「そうなの⁉」

「そうなのよね、佐近司さん！」

夜助は叫ぶ。ご主人様は問われる。そして、佐近司氏は……。

佐近司氏は、嗤《わら》いながら泣いていた。

目から涙を零しながら、氏は囁く。

「私が、殺したんだ」

殺しているではないか。私はそう思った。

だが、震える手で顔をおおって、佐近司氏は続けた。

「私が、殺したようなものなんだ」

殺してないやないか！

全力で、私は胸のうちでツッコんだ。だが、シリアスな空気は壊さないように努《つと》めた。

夜助は空気を読む子なのである。佐近司氏は泣きながら続けた。

「ご両親の別邸で、私は二人とすごした後、帰ろうとした。そのとき、山道を上る一台の車に気づいた。道に迷ったというその人に、私はここは私有地で近くに屋敷があると教えてしまったんだ。相手には異様な雰囲気があった。話もどこかおかしかったのに！　その後、二人は殺された……私のせいなんだ。私の」

「それで、なぜ、あなたはそのことを警察に言わなかったの？」

「犯人に脅迫されたんだ。犯人は作家である私の顔を知っていた。以前、ファンクラブで茶会を開いたことから住所もネットに漏れていてね……自分のことを言えば、次はお前だと家に手紙が届いた。その直後に、ご両親の遺体は発見されたんだ。私は我が身かわいさに口をつぐんだ……」

佐近司氏は頭を掻きむしる。更に、彼は興奮と苦しみの混ざった声で叫んだ。

「それに、それに、あれ以来、私は興奮と妄想に取《と》り憑《つ》かれるようになったんだ！　人を殺すということにね！　だから、君達を作家デビュー三十周年のパーティーで殺しあいに巻きこもうとした……だが、君はあの悪意の坩堝《るつぼ》の中ですら、天使のような優しさと推理力を発揮した！　その君なら、もしかして、私をも救ってくれるかもしれないと思ったんだ……私は人なんて殺せる人間じゃないと。私にすら否定できないことを、君ならば否定してくれるかもしれないと思った」

佐近司氏はソファーから立ちあがった。ふらふらと、彼はご主人様の前に歩いていく。そして、彼は深々と土下座をした。泣きながら、佐近司氏はくりかえす。

「許してくれ……どうか、許してくれ。私のあやまちを。私は警察に行き、すべてを話す。だから、どうか」

「許すも許さないもありません。佐近司さんは冷静になれていないだけです。お父様達の別邸近くには迷いこむ道などありません。その犯人は、最初からお父様達を狙っていたのでしょう。けれども、ついでに佐近司さんに罪の意識をなすりつけることにしたのです。私はそう思います。あなたはなにも悪くなどありません。そっと、ご主人様はおっしゃられた。

静かに、ご主人様はおっしゃられた。そっと、ご主人様は佐近司氏に触れられる。

が、天使候補の人間を殺すことで名前をあげるしかねぇな！」

ちなみに、悪魔が人間に天使候補の人間を堕落させることは、大変なので十点。悪魔が自分で殺すことはできて当然なので三点である。なんか、地獄の採点法は辛い。

そしてコイツ、ご主人様には手を出さないという、私との約束をすっかり忘れている。

バッと羽根を出して、悪魔はこっちへ滑空してくる。佐近司氏と、ずっと沈黙していた加山氏が守ろうと前にでた。だが、腕のひと振りで吹っ飛ばされる。

私は両腕を開いて飛びでようとした。ご主人様をお守りせねば！

だが、本気の悪魔の前には、悪魔の力を解放するしかない。

そうすれば、もうご主人様のそばにはいられなくなるだろう。

だが、しかたがない。私はご主人様をお守りするのだ。

私は執事である。

悪魔で、執事である。

大好きなご主人様をお助けしなければならない。

そう、私が動こうとした瞬間であった。

膝カックンで転ばされ、私はぎゅっと温かな胸に抱きしめられた。

「あれ？」

「私の大事な夜助には、指一本触れさせません！」

ご主人様は叫ばれる。その顔には、今までにないほどの真剣な光が浮かんでおられた。

まるで、本当に、心から、愛しいものを守ろうとするかのような……。

あれ、これ、ひょっとすると、ひょっとする？

ひょっとして、
えっ、
ご主人様も、
夜助のこと、
しゅきぴ？

いやそんな場合ではない。ご主人様が死んでしまう。迫る悪魔を前に、ご主人様は拳を振りかぶり――――。

「とうっ！」

こつん、と悪魔に触れた。

瞬間、ご主人様が今まで貯《た》めてこられた聖性が爆発した。

「ぐべへっ！」

変な悲鳴をあげて、悪魔は爆発四散した。

サラサラと霧になり、同期は消えていく。だが、悪魔は不死なので、百年後くらいには復活するであろう。一度引っこ抜いた頭の接続は面倒なので、いっそよかったのではないだろうか。ご主人様は目をぱちくりされ、あたりを見回しておられる。私はぞっとした。

ご主人様の聖なるパワー、みなぎりすぎである。

アレは夜助が喰らっても確実に灰になる。

そう震える私の前で、ご主人様は気を取り直したようにほほ笑まれた。

「大丈夫、夜助？　いったい、さっきのはなんだったのかしら……もしかして、私はずっと夢を見ているの？　でも、そんなはず……」

「……大丈夫でしゅ」

首を傾げ、ご主人様は頰をつねられる。その腕の中で、愛しさと切なさと心強さと恐怖にさいなまれつつ、私はこくんとうなずいた。

＊＊＊

なんやかんや騒ぎは続いたが、ご主人様はあの人（悪魔）は手品師だったのだという結論にたどり着かれた。佐近司氏も悪魔の実在については伏せた。己が悪魔と契約までしていたのだという事実を、ご主人様には知られたくなかったがゆえであろう。

翌日、私達は島をでた。

女の人だったよと、佐近司氏は言った。

「君のご両親を殺したのは、髪の長い女の人だった」

いつか、犯人は見つかるのだろうか。

あるいはご主人様の『犯罪被災体質』が犯人を引き寄せるのかもしれない。間違いなく、相手は極悪人だ。そのときは、ご主人様をお守りしなければならない。

そう、夜助は覚悟を決めた。だが、今はひと安心である。

加山氏の運転で、我々は懐かしの屋敷に戻ってきた。

「やっと、帰ってこられたわね、夜助」

「ええ、ご主人様のご帰宅に、屋敷もきっと涙を流して喜びたいことでしょう」

「まあまあ、うふふ」

ご主人様はいつもと変わらない美しさでほほ笑まれる。

私は思う。
はたして、この隣に私はいつまでい続けることができるのか。
私はご主人様を悪堕ちさせることができるのか。
または、私がその聖なるパワーで消されることとなってしまうのか。
それに……もしかして、ご主人様も私のことをしゅきぴっぴだったりするのか。
わからない。
わからないことばかりだ。
これから先、穏やかに眠れる夜はないかもしれない。
だが、今は懐かしの屋敷に帰ってこられた。
それだけで十分だ。
私達は扉を開く。
そして、中の惨状を見て、ご主人様はおっしゃった。
「夜助、泥棒さんよ」
「ご主人様、強盗です」

私とご主人様の騒がしい日々は、まだまだ続きそうである。

エピローグ　夜助

これは、かつてのお話だ。

悪魔として長き生に飽きた私は、完全な鬱《うつ》状態にあった。

ああ、無辜《むこ》の民の諸君よ。

私がいつも心のうちで語りかけている者達よ！

どうか、聞いて欲しい！

誰か、私を救って欲しい。それが駄目なら、神様が。ああ、しかし、駄目か。神は悪魔を救ってなどくれないな。そう絶望しながら、私はばったりと道に倒れ伏した。

涙が小さな池を作っていく。それを感じながら、私は思ったのだ。

無辜の民も駄目、
神様も駄目。

ならば、代わりに私を助け、導いてくれる存在がいるとすれば、
それは――。

それは、いったい――。

そのとき、足を止める人がいた。人間は、私のような存在は放置するはずなのに。

そして、彼女は私に尋ねたのだ。

「――どうしたの？　大丈夫？　なにか、助けられることはないかしら？」

そして、私は私のご主人様《神様》を見つけたのだ。

エピローグ　ご主人様

これは、かつてのお話。

お父様とお母様が亡くなられて、私はひとりとなってしまった。

それだけではない。みんな優しくしてくれるけれども、私が不幸を招く子だと知っている。そして、それは真実だった。

人は駄目だ。私は必ず災厄に巻き込んでしまう。だから、きっと、これから先もずっと、私のそばに真の意味で共にいてくれる人なんていないだろう。

私はそう覚悟していた。

けれども、その日、私は変わった人を見つけた。

人、と言っていいのかどうかはわからない。

倒れて泣いているその人の背中には、一瞬、羽根が生えていたような気がした。

どんな形の羽根かはわからない。

だが、ともかく、この人がただの人ではないことは確かだった。

その瞬間、私は根拠もなく思ったのだ。

もしかして、
もしかしてただ者ではないこの人ならば、私のそばにずっといてくれるかもしれない。

だから、私は慌ててその人に声をかけた。

「――どうしたの？　大丈夫？　なにか、助けられることはないかしら？」

そして、私は私の執事《天使》を見つけたのだ。

本書は書き下ろしです。

〈著者紹介〉

綾里けいし（あやさと・けいし）

2009年『B.A.D ―繭墨あざかと小田桐勤の怪奇事件簿―』（刊行時『B.A.D.　1　繭墨は今日もチョコレートを食べる』に改題）で第11回エンターブレインえんため大賞小説部門優秀賞を受賞し、翌年デビュー。主な著書に「異世界拷問姫」シリーズ、他多数。

偏愛執事《へんあいしつじ》の悪魔《あくま》ルポ

2022年5月13日　第1刷発行　　定価はカバーに表示してあります

著者…………………………綾里《あやさと》けいし

発行者…………………………鈴木章一

発行所…………………………株式会社 講談社

〒112-8001 東京都文京区音羽2-12-21

編集03-5395-3510

販売03-5395-5817

業務03-5395-3615

KODANSHA

本文データ制作……………講談社デジタル製作

印刷…………………………株式会社ＫＰＳプロダクツ

製本…………………………株式会社国宝社

カバー印刷…………………株式会社新藤慶昌堂

装丁フォーマット…………ムシカゴグラフィクス

本文フォーマット…………next door design

ISBN978-4-06-528011-9　N.D.C.913　238p　12cm